Magical eggs and Towa

なにもかもいやになって
どこか知《し》らない場《ば》所《しょ》へ
逃《に》げだしたくなった時《とき》。

その子《こ》はひょっこりあらわれて、あなたにニコッとわらいかける。
ねえ、どうしたのか、きかせて。わたし、たまごの魔法屋《まほうや》なの！

たまごの魔法屋《まほうや》——

それは、
ニンゲンたちのなやみごと、こまりごとを
魔法《まほう》のたまごひとつで解決《かいけつ》する、
しあわせをよぶ魔女《まじょ》のこと……。

おなやみがあるのなら…
たまごをどうぞ

その中身《なかみ》は…
あなたを笑顔《えがお》にする魔法《まほう》★

トワの魔《ま》法《ぼう》のたまごから
なにがでてくるかは、
わってみてのお楽《たの》しみ。

さあ今《こん》回《かい》は、
どんな物《もの》語《がたり》が
はじまるのでしょう……。

Magical eggs and Towa

たまごの魔法屋《まほうや》トワ

②空色《そらいろ》とオーロラの夜《よる》

宮下恵茉★作　星谷ゆき★絵

文響社

もくじ

ブラッサムと、オーロラ色《いろ》のたまご

人物紹介《じんぶつしょうかい》

ブラッサム

トワの家《いえ》のとなりにすむ、魔法使《まほうつか》いの男《おとこ》の子《こ》。おさななじみのトワのことを、いつも心配《しんぱい》している。

トワ

この本《ほん》の主人公《しゅじんこう》。バーベナ村《むら》にすむ、10さいになったばかりの見習《みなら》い魔女《まじょ》。ゆくえのわからない姉《あね》のミクを、さがしている。

ミク

トワの姉《あね》。成績優秀《せいせきゆうしゅう》な魔女《まじょ》で、しっかりもののの14さい。1か月《げつ》と少《すこ》し前《まえ》に家《いえ》をでたきり、帰《かえ》ってきていない。

フロウ

さびれた裏通《うらどお》りで、古道具屋《ふるどうぐや》をいとなむ、なぞの魔法使《まほうつか》い。

CHUCHU

キリク

魔法界《まほうかい》をたばねる組織《そしき》
「魔女長老会《まじょちょうろうかい》」の会長《かいちょう》。

KIRIKU

チュチュ

ラベンダー色《いろ》のうさぎのぬいぐるみ。おなかに、たまご色《いろ》のポケットがついている。トワが名《な》づけ親《おや》。

JACK

ジャック

マリーの使《つか》い魔《ま》のフクロウ。

用語集《ようごしゅう》

【魔法界《まほうかい》・ニンゲン界《かい》】 魔法使《まほうつか》いがすむ世界《せかい》と、ニンゲンのすむ世界《せかい》のこと。ふたつの世界《せかい》はとなりにあり、間《あいだ》には闇《やみ》におおわれたプルギスの森《もり》が広《ひろ》がっている。

【魔女長老会《まじょちょうろうかい》】 魔法界《まほうかい》の儀式《ぎしき》やおきての管理《かんり》、魔法学校《まほうがっこう》の運営《うんえい》などをになう絶対的《ぜったいてき》な組織《そしき》。

【魔法界《まほうかい》のおきて】「魔法使《まほうつか》いはニンゲンに心《こころ》をひらいてはならない」という決《き》まり。その背景《はいけい》にはニンゲンが魔法《まほう》使《つか》いを迫害《はくがい》した暗黒《あんこく》の歴史《れきし》がある。

【古《いにしえ》の魔法《まほう》】 魔法界《まほうかい》のおきてをやぶったものに対《たい》し、罰《ばつ》として魔女長老会《まじょちょうろうかい》が執行《しっこう》する。

【多彩《たさい》な心《こころ》】 ニンゲンたちの感謝《かんしゃ》の気持《きも》ちのこと。ミクにかけられた古《いにしえ》の魔法《まほう》をとくため、トワが集《あつ》めている。

MARY

マリー

ブラッサムのおばあちゃん。
「魔女長老会《まじょちょうろうかい》」のメンバー。

魔法界《まほうかい》の地図《ちず》
WIZARD & WITCH'S WORLD
N
E
W
S
プルギスの森《もり》
裏通《うらどお》り
バジル街《がい》
カモミール横丁《よこちょう》
オレガノ地区《ちく》
魔法学校《まほうがっこう》
ブラッサムの家《いえ》
トワの家《いえ》
バーベナ村《むら》

カナタと、空《そら》色《いろ》のたまご

1
ある日《ひ》、古《ふる》道《どう》具《ぐ》屋《や》で

「でね、でね！　ねえ、フロウったら、きいてる？」

　トワが身《み》を乗《の》りだしていうと、カウンターのむこうでコーヒーをいれていたフロウが、くすっとわらいました。

「ちゃんときいてるよ、トワ。チュチュが、魔法《まほう》のたまごをだして、ニンゲンの女《おんな》の子《こ》を助《たす》けたっていうんだろ？」

「そう、しかも、それだけじゃないの！」

　トワは、かばんに入《い》れていたチュ

チュを、フロウの目《め》の前《まえ》につきだしました。

「その子《こ》のむねのあたりから、黄色《きいろ》いハートがぽわ~んってうかんできて、チュチュのポケットに入《はい》ったの！　あれはきっと、ニンゲンの感謝《かんしゃ》の気持《きも》ちだと思《おも》うんだ。もっともっとハートを集《あつ》めたら、おねえちゃんの『古《いにしえ》の魔法《まほう》』だってとけるかも！」

「さあ、どうだろうなあ」

フロウはそういうと、トワの前《まえ》にミルクがたっぷり入《はい》ったコーヒーを置《お》きました。それから、となりに立《た》つブラッサムをちらっと横目《よこめ》で見《み》ました。

「で、こっちはトワの友《とも》だちかい？」

「友《とも》だちなんかじゃありません。ただのおさななじみ！」

トワは、ツーンとあごをそびやかしていいました。

とたんに、ブラッサムがムッとしていいかえします。

「なんだよ。おさななじみは、友《とも》だちじゃないっていうのかよ！」

「友《とも》だちは、勝手《かって》に人《ひと》のあとをつけてきたりなんかしませんー」

トワはベーッと舌《した》をだして、いいかえしました。

★・✦・★

ここは、裏通《うらどお》りにあるフロウの古道具屋《ふるどうぐや》です。

魔法学校《まほうがっこう》が休《やす》みの日曜日《にちようび》。トワはフロウの店《みせ》に、『たまごの魔法《まほう》屋《や》』の報告《ほうこく》をかねて、遊《あそ》びにきたのです。

「ねえ、フロウはチュチュが『たまごの魔法《まほう》』を使《つか》えるってわかってて、わたしにプレゼントしてくれたの？」

トワがたずねると、フロウはコーヒーをすすりながら、「さあ、どうかな」とほほえみました。

「あー、もう、さっきからなんだよ、その、たまごの魔法《まほう》って。だいたい、古《いにしえ》の魔法《まほう》がそんな簡単《かんたん》にとけるわけないだろ？」

勝手《かって》にトワのとなりにすわってコーヒーを飲《の》みはじめたブラッサムが、口《くち》をはさんできます。

トワは、ぎろりとブラッサムをにらみかえしました。

「ブラッサムには関係《かんけい》ないでしょ！　だいたい、どうしてわたしのあとつけまわすのよっ」

「そりゃあ、おれはトワの見《み》はり役《やく》だからな。だっておまえ……またニンゲン界《かい》にいこうと思《おも》ってるだろ」

ギクッ

トワは、あわてて視線《しせん》をそらしました。

「そんなの、ブラッサムにいう必要《ひつよう》ないし」

「はっはーん。やっぱ、そうなんだな」

ブラッサムが、トワをじろりとにらみます。

「何度《なんど》もいってるだろ。ニンゲンとかかわるなって」

「うるさいな。いいから、わたしのことはほうっておいて」

トワはブラッサムに背中《せなか》をむけ、フロウがいれてくれたミルク入《い》りのコーヒーに口《くち》をつけました。

「ほうっておけないからいってるんだろ。このあいだは、なんとかごまかせたけど、ジャックのやつ、おまえのことすっげえあやしんでるからな。こんなことつづけてたら、今《いま》にミクと同《おな》じ目《め》にあうぞ」

ブラッサムが、くどくどとトワにお説教《せっきょう》をはじめました。

★・◆・★

トワたちがすむ魔法界《まほうかい》では、ニンゲンに心《こころ》をひらくことが禁《きん》じられています。そのおきてをやぶったものは、魔法界《まほうかい》を律《りっ》する魔女長《まじょちょう》老会《ろうかい》に、重《おも》い罰《ばつ》をあたえられるのです。そして、トワの姉《あね》のミクは、ニンゲンに心《こころ》をひらき、あろうことか恋《こい》をした罪《つみ》で古《いにしえ》の魔法《まほう》をかけられ、すがたを消《け》してしまいました。

ブラッサムのおばあちゃん、マリーは、魔女長老会《まじょちょうろうかい》の一員《いちいん》です。

その使《つか》い魔《ま》であるフクロウのジャックは、おかしなところはないかと、いつも目《め》を光《ひか》らせているのです。

★・✦・★

「ここにくるのも、ジャックをまくのも、大変《たいへん》だったんだからな！」

「じゃあ、こなきゃよかったじゃん」

「おれがついてなきゃ、おまえ、また勝手《かって》なことばっかりするだろ！」

ブラッサムの言葉《ことば》に、フロウはククッとわらいました。

「トワにこんなおさななじみがいるなんて、心強《こころづよ》いな」

「もう！　フロウったら、ブラッサムの味方《みかた》するの？」

トワが口《くち》をとがらせると、フロウは肩《かた》をすくめました。

「そうはいってないさ」

ブラッサムは、フロウからだされたミルク入《い》りのコーヒーを飲《の》みほしたあと、背《せ》の高《たか》いスツールからとびおりました。

「それより、この店《みせ》、いろんなもんが売《う》ってるんだな」

ものめずらしそうに、店内《てんない》を歩《ある》きまわります。

「へえ、これってなにするもの？　ニンゲン界《かい》で使《つか》うもの？」

ブラッサムは興味《きょうみ》しんしん、店《みせ》の奥《おく》に入《はい》っていきます。フロウの店《みせ》に置《お》かれた品々《しなじな》に夢《む》中《ちゅう》のようです。

トワはその様子《ようす》を横《よこ》目《め》で見《み》ながら、こっそり、ほうきを手《て》にしました。そして、フロウにむかってくちびるに指《ゆび》をあててみせました。

「フロウ、あとはよろしくね」

「おやおや」

フロウは、あきれたようにまゆをあげました。

トワはブラッサムに見《み》つからないよう、そっとドアをしめるとフロウの店《みせ》をあとにしました。さっそくほうきにまたがり、ターンと地面《じめん》をけって、空高《そらたか》くまいあがります。

「トワーッ！　どこいったー！」

どこからか、ブラッサムの声《こえ》がきこえたような気《き》がしましたが、トワは気《き》にしないことにしました。

「ねえ、トワ。あの子《こ》、よかったの？」

トワのかばんから、チュチュがひょこっと顔《かお》をだしました。

「いいの、いいの。ブラッサムのやつ、しつこいんだから」

トワは肩《かた》をすくめていいました。

「っていうか、チュチュったらブラッサムの前《まえ》ではいつもしゃべれないふりしてるんだね。なんで？」

トワがきくと、

「べつに、そういうわけじゃないけどね〜」

今度《こんど》はチュチュが肩《かた》をすくめました。

チュチュは、うさぎのぬいぐるみです。十さいのたんじょう日《び》、フロウがトワにプレゼントしてくれたのです。チュチュは、ぬいぐるみなのにおしゃべりができます。そして、ふしぎな力《ちから》をもっています。

それは、おなかのポケットから、ふしぎな魔法《まほう》のたまご

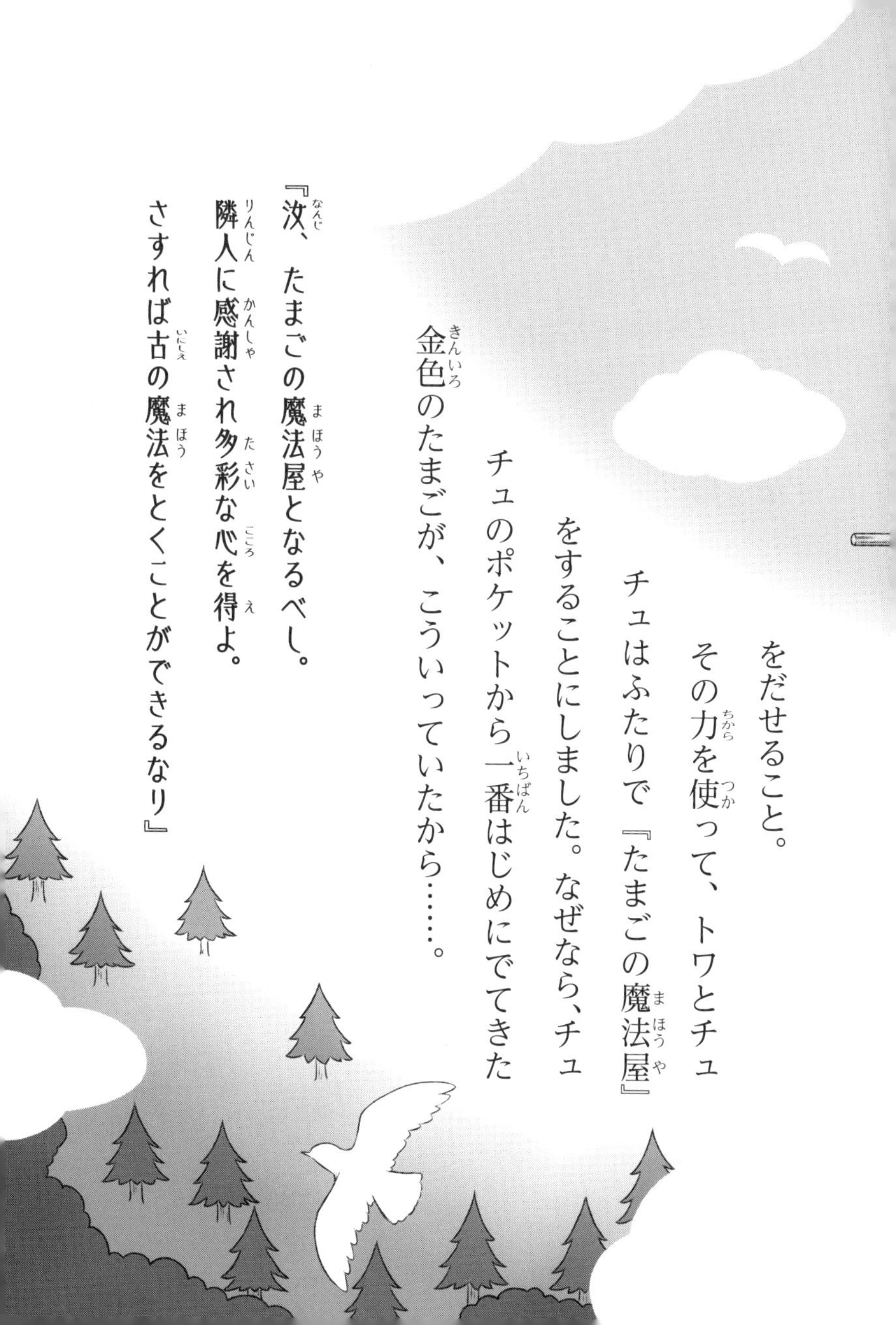

をだせること。

その力《ちから》を使《つか》って、トワとチュチュはふたりで『たまごの魔法屋《まほうや》』をすることにしました。なぜなら、チュチュのポケットから一番《いちばん》はじめにでてきた金色《きんいろ》のたまごが、こういっていたから……。

『汝《なんじ》、たまごの魔法屋《まほうや》となるべし。
隣人《りんじん》に感謝《かんしゃ》され多彩《たさい》な心《こころ》を得《え》よ。
さすれば古《いにしえ》の魔法《まほう》をとくことができるなり』

たまごの魔法屋《まほうや》として、たくさんのニンゲンに感謝《かんしゃ》され、多彩《たさい》な心《こころ》を集《あつ》めることができれば、消《き》えてしまった姉《あね》のミクを見《み》つけだすことができるかもしれない。

トワはそう考《かんが》えたのです。今《いま》のところ、ミクを助《たす》けるためのゆいいつの手《て》がかりは、このふしぎな言葉《ことば》しかありません。

★・✦・★

「きょうは、どんなニンゲンと会《あ》えるかな～♪　ねえ、トワはどう思《おも》う？」

チュチュが、耳《みみ》をふりふりたずねます。

「そんなの、いってみなきゃ、わかんないよ」

トワの言葉《ことば》に、チュチュはわくわくしながら遠《とお》くを見《み》ました。

「こまっている人《ひと》がいたら、助《たす》けてあげようね～。だって、わたしたち、たまごの魔法屋《まほうや》さんだもん！」

チュチュの言葉《ことば》に、トワは首《くび》をかしげました。

「そうだけど、チュチュ、ホントにちゃんとたまごだせるの？」

「そんなの、やってみなきゃ、わかんな～い」

トワはくすっとわらってから、うなずきました。

「そうだよね！　よ～し、スピードあげるよ！」

そういって、ぎゅっとほうきの柄《え》をにぎりしめました。

2

きみは、だれ？

　プルギスの森《もり》をこえ、トワとチュチュはニンゲン界《かい》にたどりつきました。ほうきに乗《の》ったまま、トワは手《て》でひさしをつくって遠《とお》くをながめます。

「ええっと、きょうはどこにいこうかな」

　このあいだ、ニンゲン界《かい》にいって、はじめて気《き》がついたことがあります。

　どうやら、トワたち魔法使《まほうつか》いのすがたは、こまっているニンゲンにしか見《み》えていないようです。そして、こまりごとが解消《かいしょう》されると、また見《み》えなくなってしまうみたいです。

「てっとりばやく見《み》つけるなら、こんな山奥《やまおく》じゃなくてニンゲンがたっくさんいるとこにいったほうがよくない？」

「そうだね。じゃあ、大《おお》きな街《まち》をさがしにいこう！　……ん？」

トワはそこで言葉《ことば》を切《き》りました。

（あそこに、だれかいる！）

トワはほうきにまたがったまま、そ〜っと近《ちか》づいてみました。背《せ》が高《たか》くて色白《いろじろ》の若《わか》い男《おとこ》の子《こ》が、ひとりで釣《つ》りをしています。そばにテントがあるので、キャンプでもしているのでしょうか。

じっと見《み》ていると、どうやら魚《さかな》がかかったようです。

ぐーんとしなる釣《つ》りざおを手《て》に、あわてはじめました。

「あ、ほら、あの人《ひと》、さっそくこまってるんじゃない？」

チュチュが、かばんの中《なか》からさけびます。

「よーし、じゃあ、いってみよう！」

トワはギューンと地面《じめん》にむかっておりていきました。すると、風《かぜ》のいきおいでかぶっていたぼうしがずれてしまい……。

「わ、わわわ、前《まえ》が見《み》えない！　ちょっと……！」

いそいでぼうしを元《もと》にもどそうとして、
どっかーん
男《おとこ》の子《こ》に体当《たいあ》たり。

「……ちょっ、うわあああ！」

男《おとこ》の子《こ》は両手《りょうて》をぐるぐるまわしていましたが、最後《さいご》にバランスをくずして、ぼちゃんと池《いけ》に落《お》ちてしまいました。

（あっちゃあ～）

「……で、なんでいきなりおれのこと、池《いけ》につきおとしたわけ？」

しかめっつらをした男《おとこ》の子《こ》がジーンズをたくしあげ、ぬれた足《あし》をタオルでふきながらトワにたずねました。

「あれっ、あなた、わたしのこと、見《み》えるの？」

トワがおどろくと、男《おとこ》の子《こ》はますますわけがわからないという顔《かお》になりました。

「は？　あたりまえだろ。きみ、小学生《しょうがくせい》なのに魔女《まじょ》のコスプレなんかして……ちょっと変《か》わってんね」

（しょーがくせーってなんだろ？　それに、こすぷれってなに？）

ふしぎに思《おも》いましたが、男の子《おとこのこ》はきげんが悪《わる》そうで、とても質問《しつもん》できそうにありません。トワはあわてて背《せ》すじをのばしました。

「ええっと、さっきはわざとやったわけじゃないの。でも、わたしのせいで、池《いけ》に落《お》ちちゃったもんね。ホントにごめんなさい」

ぺこりと頭《あたま》をさげて、あやまりました。すると、男の子《おとこのこ》はひらきかけた口《くち》をとじ、言葉《ことば》をのみこみました。

「……ま、いいけどさ。それより、きみ、おれの顔《かお》を見《み》て、なんとも思《おも》わない？」

「え？　あなたの顔《かお》？」

トワはまじまじと男《おとこ》の子《こ》を見《み》ました。

ブルーがかったくせのある髪《かみ》。すっと通《とお》った高《たか》い鼻《はな》。意志《いし》の強《つよ》そうなチャコールグレーのひとみ。

トワよりも少《すこ》し年上《としうえ》でしょうか。女《おんな》の子《こ》みたいな顔立《かおだ》ちですが、それ以外《いがい》にとくに変《か》わったところはなさそうです。

どうこたえていいかわからず、

だまっていると、男《おとこ》の子《こ》はずいっとトワに近《ちか》づきました。

「よ～く見《み》て。おれのこと、知《し》ってるはずだぜ」

「知《し》らない」

トワがきっぱりとこたえると、

「マジか」

男《おとこ》の子《こ》はちょっとがっかりしたような、びっくりしたようなふしぎな表情《ひょうじょう》でトワを見《み》つめました。

（あれっ、なんだろ？　わたし、なにか変《へん》なこといった？）

トワは自分《じぶん》がとてつもない失敗《しっぱい》をしでかしたような気《き》がして、首《くび》をすくめました。すると、トワのかばんの中《なか》から、チュチュがひょこっと顔《かお》をだしました。そして、目《め》の前《まえ》にいる男《おとこ》の子《こ》を見《み》るなり声《こえ》をあげました。

「え！　ちょっとまって！　『ミンブル』のカナタじゃん！」

「みんぶる……？　なにそれ」

トワがたずねると、チュチュが興奮《こうふん》したようにばしばしとかばんをたたきます。

「トワってば知《し》らないの？　ニンゲン界《かい》のスーパーアイドルグループ『ミントブルー』だよ！　アイドルっていうのは、みんなの人気者《にんきもの》ってこと。知《し》らない人《ひと》はいないくらい有名《ゆうめい》なんだから。五万人《まんにん》も入《はい》るホールで歌《うた》ってダンスして、テレビにでたりするんだよ！」

トワはあんぐり口《くち》をあけました。

「五万人《まんにん》!?　そんなにたくさんの人《ひと》の前《まえ》で歌《うた》うの？　なんで？」

トワが質問《しつもん》をしても、チュチュはそれどころじゃないようです。

「あー信《しん》じらんな～い。こんなところでカナタに会《あ》えるなんて！」

（チュチュったら、この人《ひと》のこと知《し》ってるんだ。でも、どうして？）

そう思《おも》っていたら、男《おとこ》の子《こ》の顔《かお》がひきつっていることに気《き》がつきました。

「おれ、やっぱりつかれてるのかな。今《いま》、ぬいぐるみがしゃべったように見《み》えたんだけど」

(この人《ひと》、チュチュのことも見《み》えてる！　ってことは……)

トワは、「こほん」とひとつ、せきをしてから一歩前《いっぽまえ》にでました。

「えっと、あなたの名前《なまえ》は、カナタ、だよね？」

男《おとこ》の子《こ》は一瞬《いっしゅん》身《み》がまえましたが、すぐにうなずきました。

「ああ、そうだけど」

トワは、にっこりわらってつづけます。

「わたし、魔女《まじょ》のトワ。で、この子《こ》は、チュチュ」

チュチュが、「よろしく～！」とブンブン手《て》をふります。

「はあ？　魔女《まじょ》？　うそだろ」

カナタはすっとんきょうな声《こえ》をあげてから、トワのことをじろじろと上《うえ》から下《した》まで見《み》ました。

「でも……たしかに、ハロウィンでもないのに、いかにもなファッションだし、もってるぬいぐるみがベラベラしゃべってるし……。

ふーん、それならおれのこと、知《し》らなくてもしょうがないか」

どうやらカナタは信《しん》じてくれたようです。トワは前《まえ》のめりになってつづけました。

「でね、わたしたち、こまってる人《ひと》をお助《たす》けする『たまごの魔法《まほう》屋《や》』なの！　カナタは、今《いま》、なにかなやみごとがあるんじゃない？

よかったら、きかせて。解決《かいけつ》してあげるよ！」

「なんでそのことを……」

カナタの質問《しつもん》に、トワはむねをはってこたえました。

「そりゃあ、魔女《まじょ》だもの」

カナタは、しばらく考《かんが》えこんでいましたが、じっとトワを見《み》つめました。

「ホントに、おれがこまってることを解決《かいけつ》できるの？」

「うん、まかせて！」

はりきってこたえたものの、今《いま》までニンゲンのなやみごとを解決《かいけつ》できたのは、一度《いちど》だけです。トワは、あわててつけたしました。

「……えーっと、たぶん、できると思《おも》う」

「なんだよ。自信《じしん》なさそうじゃん」

カナタはあきれたように肩《かた》をすくめました。

「そんなんじゃ、解決《かいけつ》なんかできないぜ？　少々《しょうしょう》自信《じしん》がなくたって、自信満々《じしんまんまん》って顔《かお》してなきゃ。おれはいつだってそうしてる」

「へえ～、ミンブルのカナタにも自信《じしん》がないことなんてあるんだ？」

チュチュが、身《み》を乗《の》りだして口《くち》をはさみました。

「あたりまえだろ。でもステージに立《た》ったら、そんなこといってらんない。だれもがあこがれるカナタでいなきゃダメなんだ。じゃないと、みんなを悲《かな》しませちゃうだろ。ほら、見《み》せてやるよ……」

カナタはそういうと、そばに置《お》いてあるリュックから、ひらべったい機械《きかい》をとりだしました。小《ちい》さな画面《がめん》を指《ゆび》でたたいています。

（ん？　それ、なんだろ？）

トワがのぞきこむと、画《が》面《めん》の中《なか》では、スポットライトをあびて、きらきらした衣装《いしょう》に身《み》をつつんだ男《おとこ》の子《こ》たちが歌《うた》いながらダンスをしています。その真《ま》ん中《なか》に、カナタがいました。

ステージを見《み》ている人《ひと》たちも映《うつ》っています。みんな、

手《て》にカラフルなライトやうちわをもって、すごく楽《たの》しそう！

「ええええっ、すごい！　アイドルってこんなお仕事《しごと》なんだ」

「まあね」

カナタはばちんとウインクをしました。

「ふわあ〜、カッコイイ！」

トワとチュチュは夢中《むちゅう》で拍手《はくしゅ》しました。

「でも、こんなに楽《たの》しそうなのに、なにをなやむことがあるの？」

トワがたずねると、さっきまで笑顔《えがお》だったカナタの表情《ひょうじょう》が、ろうそくの火《ひ》を消《け》したように、ふっと暗《くら》くなりました。

「だよな。ずっと夢見《ゆめみ》てたアイドルになれたんだから、なやみなんてないって思《おも》うよな……」

カナタが遠《とお》くを見《み》つめました。

「仕事《しごと》はすきだよ。やりがいだってある。でもさ……」

そこまでいったところで、うしろから声《こえ》がしました。

「おい、あそこにいたぞ！」

ふりかえるとニンゲンがふたり、こちらにむかってかけてきます。

「やべ！　おい、トワ、逃《に》げるぞ！」

いうなり、カナタがトワのうでをとって走《はし》りだしました。

「わわわっ、なんなの～!?」

3

カナタのなやみごと

カナタにつれられ、トワは森《もり》の中《なか》にとびこみました。

「ねえカナタ、あの人《ひと》たち、だれ?」

かばんの中《なか》からチュチュが、声《こえ》をひそめてたずねます。

「事務所《じむしょ》のマネージャーだよ。おれのこと、つれもどしにきたんだ」

カナタが青《あお》ざめた顔《かお》でこたえました。

「つれもどしにって、なんで?」

「おれが、リハーサル中《ちゅう》に逃《に》げだしたた

から」

トワにはカナタのいうことはよくわかりません。でも、とにかくあの人《ひと》たちに見《み》つかってはいけないようです。

「でも、ここにかくれてても、すぐに見《み》つかっちゃうんじゃない？」

チュチュの言葉《ことば》に、トワもうなずきました。

「ここからはなれよう、カナタ。わたしのうしろに乗《の》って！」

トワは、背中《せなか》のほうきをとりだして、すばやくまたがりました。

「ええっ、でも……」

「いいから、はやく！」

カナタはだまってうなずくなり、ほうきのうしろに乗《の》りました。

「よーし、いくよーっ！」

トワが、ぐっとほうきの柄《え》をにぎりしめます。

ギュイーン！

ふたりを乗《の》せたほうきは、空高《そらたか》くまいあがりました。

「うわあああ！」

トワのうしろでカナタが悲鳴《ひめい》をあげます。森《もり》も、さっきカナタが落《お》ちた池《いけ》も、追《お》っ手《て》のふたりも、どんどん遠《とお》ざかっていきます。

ほうきをとばし、山《やま》をこえ、丘《おか》をこえ、川《かわ》をこえたところに、広《ひろ》い公園《こうえん》を見《み》つけました。

(よし、あそこならだれもいない)

トワは、ふん水《すい》の前《まえ》におりたちました。

「ねえ、だいじょうぶだった？」

ふん水《すい》のへりにこしかけてたずねると、カナタは目《め》を大《おお》きく見《み》ひらいたまま、かたまっていました。

「……カナタ？」

声《こえ》をかけたとたん、カナタはぱあっと笑顔《えがお》になって、トワの両肩《りょうかた》をつかみました。

「空《そら》とぶほうき、すっげー！　トワ、ホントに魔女《まじょ》なんだな！」

目《め》をきらきらさせて、すっかり興奮《こうふん》しています。

「えへへ、たいしたことないよ。こんなの簡単《かんたん》だし」

ちょっぴり自信《じしん》がある空《そら》とぶ魔法《まほう》をほめられて、トワはくすぐったい気持《きも》ちでいっぱいになりました。

「助《たす》けてくれて、ありがとな。……で、さっきの話《はなし》のつづき、なんだけど」

カナタはあらたまった顔《かお》で、トワのとなりにこしかけました。

「なあ、トワ。その魔法《まほう》でおれのなやみも、解決《かいけつ》してくれる？」

トワは、今度《こんど》は自信満々《じしんまんまん》に返事《へんじ》をしました。

「もちろん！　……で、カナタのなやみってなんなの？」

トワの質問《しつもん》に、カナタはまっすぐなひとみでこたえました。

「自由《じゆう》がないこと」

「じゆう？」

トワが首《くび》をかしげると、カナタはだまってうなずきました。

「さっき、逃《に》げだしたっていっただろ？　ホントは計画的犯行《けいかくてきはんこう》なんだ。今晩《こんばん》、野外《やがい》ライブがあるんだけど……そのリハーサル中《ちゅう》にこっそり逃《に》げてきた」

すると、チュチュが悲鳴《ひめい》をあげました。

「え～、どうして？　ファンの子《こ》たち、悲《かな》しむよ」

とたんに、カナタの顔《かお》がくしゃりとゆがみました。

「そんなこと、いわれなくてもわかってる。でも、もうなにもかもから、逃《に》げたくなったんだよ！」

今《いま》にも泣《な》きだしそうなカナタを見《み》て、トワとチュチュは顔《かお》を見《み》あわせました。

「いつもなにかに追《お》いたてられてるんだ。たとえばさ、服《ふく》を買《か》いにいきたくても、気軽《きがる》にいけない。友《とも》だちとも遊《あそ》べない。おれがいるだけですごい数《かず》の人《ひと》が集《あつ》まってくるから。それだけじゃない。スケジュールが朝《あさ》から晩《ばん》までつまってて、ホッとできる時間《じかん》もない」

トワはふしぎに思《おも》って質問《しつもん》しました。

「でも、カナタはそれだけ人気《にんき》があるってことでしょ？　それって『あいどる』にとっては、うれしいことなんじゃないの」

トワの言葉《ことば》に、カナタがうつむきます。

「もちろんそうさ。ファンの子《こ》たちは、すごく大事《だいじ》な存在《そんざい》だよ。でも、四六時中《しろくじちゅう》きゅうくつなのはいやなんだ。わがままだってわかってる。でも、おれだってふつうの十七さいだ。自由《じゆう》に遊《あそ》びたいし、恋《こい》だってしたい」

「……コイ？」

トワのむねが、どきんと高鳴《たかな》りました。

魔女長老会《まじょちょうろうかい》の会長《かいちょう》、キリクがいっていました。

おねえちゃんは、ニンゲンにコイをしたって。そのために、古《いにしえ》の魔法《まほう》をかけられてしまったんだって。

トワはコイを知《し》りません。

だれかをとくべつすきになることのようですが、どうしておねえちゃんが魔法界《まほうかい》のおきてをやぶってまで、ニンゲンにコイをしてしまったのかわからないのです。

「ねえ、カナタ。コイってどんなもの？　カナタはコイしてるの？」

トワがいきおいこんでたずねたので、カナタは体《からだ》をひいておどろきました。

「ええっ、恋《こい》？　うーんと、そうだなあ……」

カナタはちょっとだけ口《くち》ごもってから、いいました。

「恋《こい》っていうのは、しようと思《おも》ってもダメだし、したくないって思《おも》ってもダメなんだ。気《き》がつくと、自分《じぶん》の心《こころ》をぜーんぶもってかれちゃうもの。……なーんていって、おれは今《いま》、だれかに恋《こい》してるわけじゃないけどさ」

（自分《じぶん》の心《こころ》をぜーんぶもってかれちゃうもの……？）

トワはカナタの言葉《ことば》を心《こころ》の中《なか》でくりかえしました。

（わたしはそんな気持《きも》ちになったことなんてない。だけど、心《こころ》をぜんぶもっていかれてしまうなら……。いつかコイをしたら、ほかのことはなんにも考《かんが》えられなくなってしまうのかも。おねえちゃんも、

自分《じぶん》では気《き》づかないうちに、おきてをやぶっていたのかな)

「おれ、もしも自由《じゆう》になってだれかに恋《こい》をしたらさ、その子《こ》といっしょにテーマパークで、デートしたいんだよなあ～」

カナタはベンチにもたれて、うっとりと空《そら》を見《み》あげました。

トワには『てーまぱーくで、でーと』がなにかはわかりませんでしたが、カナタが声《こえ》をはずませているのを見《み》ると、きっとそれは楽《たの》しいことなんだろうなと思《おも》いました。

「子《こ》どもの時《とき》に何度《なんど》かいったことあるんだ。テーマパークのショーにでてるダンサーたちを、あこがれの気持《きも》ちで見《み》てた。いつかおれも、あんなふうにみんなを楽《たの》しませることができたらなあって。でも、夢《ゆめ》をかなえた先《さき》で、まさかこんなことになるなんて、あのころは思《おも》わなかった。……おれ、なんのために今《いま》までがんばってきたんだろうな」

カナタのまつ毛《げ》が小《ちい》さくふるえているのを見《み》て、トワのむねはちくりといたみました。

せっかく夢《ゆめ》をかなえたのに、人気者《にんきもの》の『あいどる』なのに、こんなに悲《かな》しい顔《かお》するなんて……。

そんなの、おかしいよ！

トワはチュチュをぎゅっとだきしめて考《かんが》えました。

（カナタを自由《じゆう》にしてあげたい。でも、どうしたらいいんだろう？）

ニンゲンたちが、カナタのことをわすれてしまえばいいの？

でも、ニンゲン全員《ぜんいん》にそんな魔法《まほう》をかけることができるでしょうか？

それに、カナタのことをみんながわすれてしまったら、今《いま》までカナタが努力《どりょく》してきたことが全部《ぜんぶ》むだになってしまう気《き》がします。

ミンブルのライブを楽《たの》しみにしている人《ひと》たちだって、きっとがっかりするでしょう。

そこで、トワははっと気《き》がつきました。

（そうだ！　だれかが、カナタのかわりに『あいどる』になってくれたらいいんだ！）

4
ふたりのカナタ!?

「チュチュ。おねがい、カナタが自由《じゆう》になれるように、力《ちから》をかして！」

トワはねがいをこめて、チュチュをぎゅっとだきしめました。

トワのうでの中《なか》で、チュチュの体《からだ》が夏《なつ》の空《そら》のようにきらきらと光《ひか》りはじめます。しばらくして、おそるおそる目《め》をあけると、チュチュのおなかのポケットの中《なか》に、空色《そらいろ》にかがやくたまごがありました。

ふだん、トワが食《た》べるたまごよりもひとまわり大《おお》きいたまご。表面《ひょうめん》には、こんぺいとうのようなカラフルで小《ちい》さな星《ほし》のもようがちりばめられています。

「やったあ、魔法《まほう》のたまご、でてきた！」

思《おも》わずトワが立《た》ちあがると、カナタが目《め》を見《み》ひらきました。

「おっ。おれのメンバーカラーじゃん」

カナタの言葉《ことば》に、トワが首《くび》をかしげました。

「メンバーカラーってなに？」

「ミンブルのメンバー、それぞれに色《いろ》が決《き》まってるんだ。で、おれは空色《そらいろ》。それよりさ、そのたまごでどうやって魔法《まほう》をかけるわけ？」
興味《きょうみ》しんしん、カナタにきかれて、トワは得意《とくい》げにむねをそらしました。
「見《み》てて。こうするんだよ」
いうなり、トワはたまごをもちあげて、
コツン
ふん水《みず》のかどにたまごをぶつけました。
ピキキッ
たまごの表面《ひょうめん》にひびが入《はい》り、からがわれたとたん、中《なか》から小人《こびと》がとびだしました。

「えっ！」

トワは思《おも》わず声《こえ》をあげました。

たまごからでてきた小人《こびと》の顔《かお》が、
カナタにそっくりだったのです。

「どうなっちゃってんの？」

おどろいているあいだに、
小人《こびと》はむくむく大《おお》きくなりました。

「ふわ～、カナタがふたりいる～！」

チュチュが興奮《こうふん》したようにさけびました。

たまごの中《なか》からでてきたカナタは、きらきら光《ひか》る衣装《いしょう》を着《き》ていま

す。服装《ふくそう》がちがうだけで、どちらが本物《ほんもの》のカナタなのかわからないくらいそっくりです。

きらきらの衣装《いしょう》を着《き》たほうのカナタが、にこっとほほえみました。

「おれが、今《いま》からきみのかわりになるよ」

「えええええっ?」

カナタが、目《め》を丸《まる》くしました。

「おれのかわりに仕事《しごと》にいくってこと? そんなこと、できるの?」

カナタが心配《しんぱい》そうにたずねます。

「平気《へいき》だよ。おれは、きみの分身《ぶんしん》なんだから」

きらきらの衣装《いしょう》を着《き》たカナタが親指《おやゆび》を立《た》ててウインクします。

「マジか……」

カナタはしばらく口《くち》をあんぐりあけていましたが、すぐにぶるんと首《くび》をふりました。

「こんな機会《きかい》、もう二度《にど》とないかもしれねえもんな」

カナタは自分《じぶん》にいいきかせるようにいうと、立《た》ちあがりました。

「これ、あずけとく。使《つか》いかた、わかる?」

カナタはジーンズのポケットからさっきの機械《きかい》をとりだして、きらきらの衣装《いしょう》を着《き》たカナタにわたしました。

「あったりまえじゃん。おれは、きみだもん。うまくやるって」

「ねえ、それってなんなの?　さっきカナタがダンスしてるところ、見《み》せてくれたやつだよね？」

トワの質問《しつもん》に、カナタがこたえてくれました。

「スマートフォンっていうんだ。略《りゃく》して『スマホ』。これで遠《とお》くにいる人《ひと》と話《はなし》ができるし、文字《もじ》を打《う》ちこんでメッセージを送《おく》ることもできる。写真《しゃしん》をとることも、映画《えいが》をみることも、音楽《おんがく》をきくことも、本《ほん》を読《よ》むことも。べんりだろ？」

カナタの説明《せつめい》に、チュチュが感心《かんしん》したようにため息《いき》をつきました。

「ニンゲンってすごいね～、トワ」

「ホント！　魔法《まほう》がなくても、そのスマホがあればなんでもできちゃうね！」

するとカナタはちょっと考《かんが》えてからいいました。

「うーん、人間《にんげん》はべんりなものをつくるのは上手《じょうず》かもしれないけど、だからって、なんでも思《おも》いどおりにできるわけじゃないぜ？　べんりになればなるほど、きゅうくつになることもあるし」

「そうなの？」

カナタの話《はなし》は、トワにはちんぷんかんぷんでよくわかりません。

「じゃ、おれはマネージャーに連絡《れんらく》とって、仕事《しごと》してくるよ。あと、念《ねん》のためいっとくけど、もしも元《もと》にもどりたければ、あのたまごのからで、おれにふれればいいから」

きらきらの衣装《いしょう》を着《き》たカナタが、地面《じめん》に転《ころ》がる空色《そらいろ》のたまごのか

らを指《ゆび》さしました。カナタはちらっとそっちを見《み》ましたが、「ま、一応《いちおう》おぼえとくわ」とそっけなくいいました。

「じゃあな、自由《じゆう》をしっかり楽《たの》しんでこいよ」

きらきらの衣装《いしょう》を着《き》たカナタは、さっそくスマホを操作《そうさ》して、話《はなし》をしながらいってしまいました。どうやら、マネージャーに、むかえにきてほしいと連絡《れんらく》したようです。

そのすがたを見送《みおく》ったあと、カナタは大《おお》きくのびをしました。

「さてと、これで晴《は》れて自由《じゆう》の身《み》！　……だけど、急《きゅう》に自由《じゆう》っていわれても、なにをすればいいかなあ」

こまったように、うでを組《く》みます。

「カナタがさっきいってた、てーまぱーくにいったら？　ねえ、そこってどんなところなの？」

トワがたずねると、カナタは目《め》をきらきらさせてこたえました。

「いろんな乗《の》り物《もの》があって、おいしいごはんやスイーツが食《た》べられるんだ。かわいいグッズも売《う》ってるし、ショーやパレードもあるんだぜ」

「へえ～！」

トワは想像《そうぞう》してみました。

乗《の》り物《もの》って、どんなのだろう。

ニンゲンの食《た》べるおいしいごはんって、どんな味《あじ》なのかな。

かわいいグッズも、ショーやパレードも見《み》てみたい！

「テーマパークなあ……。そりゃあいけたらうれしいけど、おれがとつぜんあらわれたら、みんなさわいじゃうよ。変《へん》そうしたって、どうせすぐばれるし」

（たしかにそうかも）

カナタはとにかく目立《めだ》ちます。髪《かみ》だってブルーだし、いくら変《へん》そうしたとしても、きっとカナタだってことがばれてしまうでしょう。

「それじゃあ、せっかく魔法《まほう》のたまごで、もうひとりのカナタをだせたけど、やりたいことができないね……」

すると、チュチュが、トワのうでをつんつんとつきました。

「ねえ、トワ。あれ、ひろっといたほうがいいんじゃない？」

そういって、地面《じめん》を指《ゆび》さします。

「ん？」

地面《じめん》には夏《なつ》の空《そら》のような水色《みずいろ》に、カラフルな星《ほし》のもようがちらばったたまごのからが落《お》ちていました。

「そうだね、元《もと》にもどりたい時《とき》、必要《ひつよう》だっていってたもんね」

「それなら、ここにも落《お》ちてるぜ」

カナタもふん水《みず》のかげに落《お》ちていたからを、ひろいあげました。

それを、トワにさしだそうとしたとたん……。

「わあ！」

トワはおどろいて、カナタを指《ゆび》さしました。

からを手《て》にしたカナタは、その瞬間《しゅんかん》、きらきらした空色《そらいろ》の光《ひかり》に全《ぜん》身《しん》をつつまれていたのです。そして、その光《ひかり》がおさまった時《とき》……。トワの前《まえ》にいたのは、さっきまでのカナタと同《おな》じ服《ふく》を着《き》た、黒《くろ》い髪《かみ》のショートカットの女《おんな》の子《こ》でした。

長《なが》いまつげに、小《ちい》さな顔《かお》。カナタとよく似《に》ていますが、どこからどう見《み》ても、かわいらしい女《おんな》の子《こ》です。

「カ、カナタが女《おんな》の子《こ》になっちゃった！」

「え？　女《おんな》の子《こ》？　おれが？」

カナタはおどろいて、自分《じぶん》の顔《かお》やうでを両手《りょうて》でさわりました。

「な、なんで？」

「もしかしたら、それもたまごの魔法《まほう》の力《ちから》かも」

トワはかばんの中《なか》をかきまわして、小《ちい》さな手鏡《てかがみ》をとりだしました。カナタはそれをのぞきこんで息《いき》をのみました。

「マジか……！」

トワはそのすがたを見《み》て、ぱちんと手《て》を打《う》ちました。

「そうだよ。これなら、てーまぱーくにいったって、だれにも見《み》つからないよ！

だって、今《いま》のカナタはミンブルのカナタじゃなくて、女《おんな》の子《こ》だもん！」

トワの言葉《ことば》に、カナタはぱあっと笑顔《えがお》になりました。

「そうだよな、これなら、だれも気《き》づかない！」

それは、きょう一番《いちばん》の笑顔《えがお》でした。

「カナタ、よかったね。これで、てーまぱーくにいけるね！」

トワの声《こえ》に、カナタのほおが赤《あか》くそまります。

「やっと手《て》に入《い》れた自由《じゆう》だもんな。こんなとこでグズグズしてたら、時間《じかん》がもったいない！」

そういうと、カナタはジーンズのポケットにたまごのからを入《い》れ、スマホをとりだしました。

「あれっ、さっききらきらのカナタに、わたしたんじゃなかった？」

トワがたずねると、カナタはにこっとわらいました。

「あれは、仕事用《しごとよう》。こっちはプライベート用《よう》。使《つか》いわけてるんだ」

（そうなんだあ）

スマホを操作《そうさ》しおえたカナタが、トワの手《て》をつかみます。

「よし、チケットの手配《てはい》もしたし、今《いま》からいっしょにいこうぜ。テーマパーク、いったことないんだろ？」

「えっ、わたしも？」

カナタはうなずくと、「トーゼン！」とにこっとわらいました。

「でも、カナタはコイした人《ひと》と、いきたかったんじゃないの？」

すると、カナタはぎゅっとトワの手《て》をにぎりました。

「それはそうだけど、おれがトワに恋《こい》しないって決《き》まってるわけじゃないだろ?」

どきん
トワの心臓《しんぞう》が大《おお》きな音《おと》を立《た》てました。なぜだかわからないけれど、びっくりするくらい、むねがどきどきしたのです。

「さあ、おれが道案内《みちあんない》するから、テーマパークにつれていってよ。トワの魔法《まほう》のほうきで」

「わー、楽《たの》しみ! やったね、トワ」

かばんの中《なか》からチュチュがはしゃいだ声《こえ》をだします。

「う、うん。ホントだね」

トワはぽ～っとなりながら、どこかうわの空《そら》で返事《へんじ》をしました。

5

自由《じゆう》のその先《さき》へ

ほうきに乗《の》ってテーマパークの入園《にゅうえん》ゲートにおりたつと、すでにたくさんの人《ひと》がならんでいました。でも、だれもカナタがミントブルーのメンバーだとは気《き》がつきません。

「さあ、こっちだよ、トワ」

カナタがトワの手《て》をひくと、となりを歩《ある》いていた人《ひと》が、変《へん》な顔《かお》でカナタのことをじろじろと見《み》ました。

「あのね、カナタ。ふつうのニンゲン

は、魔女《まじょ》のこと見《み》えないんだって。だから、わたしたちに話《はな》しかけてたら、おかしいよ」

トワがこそこそいうと、カナタは「そうなんだ。わりぃ」と、ぺろっと舌《した》をだしました。

「それと、その言葉《ことば》づかいもね～。今《いま》はカナタじゃないんだから、もうちょっと気《き》をつけなきゃ」

チュチュがおかあさんのようにお説教《せっきょう》をすると、カナタはしかられた犬《いぬ》みたいな顔《かお》でうなずきました。

「わかったよ」

その表情《ひょうじょう》がおかしくて、トワはついわらってしまいました。

「それより、はやく入《はい》ろ！」

「うん！」

ふたりは手《て》をつないで、ゲートを通《とお》りぬけました。

「うわあ、すご～い！」

ゲートのむこうは、別世界《べっせかい》。

真正面《ましょうめん》には、高《たか》くそびえたつ壮大《そうだい》なお城《しろ》があり、そのまわりに色《いろ》とりどりの花《はな》がさきみだれています。

トワと同《おな》じ年《とし》くらいの子《こ》もいれば、恋人同士《こいびとどうし》で手《て》をつないで歩《ある》いている人《ひと》もいます。もちろん家族《かぞく》づれも。

みんな、とっても楽《たの》しそう！

「最初《さいしょ》はあっちのエリアからまわろう」

カナタに手《て》をひかれ、トワはティーカップのような乗《の》り物《もの》に、こしかけました。

「これって、どうなるの？」

トワがたずねると、

「まあ、見《み》てなって」

カナタがウインクをしました。

ブザーが鳴《な》り、ティーカップがゆっくりと動《うご》きはじめます。

すると、まってましたとばかりにカナタが真《ま》ん中《なか》にあるハンドルをまわします。とたんに、ティーカップがくるくると回転《かいてん》しはじめました。

「これ、どうなってんの～!?」

「とめて～、目《め》がまわるう～！」

トワとチュチュがさけび声《ごえ》をあげるのを見《み》て、カナタが声《こえ》をだしてわらいました。

「あはは！　ほーら、つぎはあっちのアトラクションいくぞ！」

女《おんな》の子《こ》のすがたをしていても、その時《とき》、トワには本物《ほんもの》のカナタの笑顔《えがお》が見《み》えたような気《き》がしました。

こわ～いユーレイがでてくるおばけやしきに、スリル満点《まんてん》のジェットコースター、夢《ゆめ》のように美《うつく》しいメリーゴーラウンド。

カナタはトワとチュチュをつれて、つぎつぎとアトラクションに乗《の》りました。

「つぎは、あれ乗《の》ろうぜ」

カナタが指《ゆび》さしたのは、観覧車《かんらんしゃ》です。

乗《の》りこむと、ちょうど夕日《ゆうひ》が山《やま》のむこうに落《お》ちていくところでした。遠《とお》くに見《み》える街並《まちな》みに、たくさんのあかりがまたたいています。

テーマパークにもライトがともりはじめ、まるで空《そら》の星々《ほしぼし》が地面《じめん》に落《お》ちてきたかのようです。

トワは、観覧車《かんらんしゃ》のまどに手《て》をあててつぶやきました。

「ニンゲンの街《まち》って、きらきらしてるんだね」

「でも、全部《ぜんぶ》作《つく》り物《もの》のあかりだぜ？」

カナタの言葉《ことば》に、トワは大《おお》きくかぶりをふりました。

「それだってきれいだよ」

魔法界《まほうかい》には、こんなにたくさんのあかりはありません。そのかわり、自然《しぜん》があります。風《かぜ》が木々《きぎ》をゆらす音《おと》、小鳥《ことり》たちの声《こえ》、風《かぜ》に乗《の》って運《はこ》ばれるりんごのあまいかおり。

トワはその世界《せかい》の中《なか》でずっと生《い》きてきました。でも今《いま》、ニンゲンたちのすむ世界《せかい》も、変《か》わらず美《うつく》しいと感《かん》じました。

★・✦・★

観覧車《かんらんしゃ》をおりると、トワとカナタは少《すこ》し休《やす》むことにしました。

ベンチにすわり、カナタが買《か》ってきてくれたチュロスという細長《ほそなが》いドーナツを食《た》べていた時《とき》です。

どこからか流《なが》れてきた歌声《うたごえ》に、カナタが、はっとした表情《ひょうじょう》になってふりかえりました。

「どうしたの？」

トワもふりかえると、となりのベンチにすわっている女《おんな》の子《こ》たちが、スマホをのぞきこみながら楽《たの》しそうに歌《うた》っていました。

「ミンブルのライブツアー、はじまるね。もうすぐ開演《かいえん》でしょ？」

「わたし、チケットはずれちゃったんだよね。カナタに会《あ》いたかったのに！」

「わたしもだよ～」

　すると、チュチュがかばんから顔《かお》をだしていいました。

「あの子《こ》たち、カナタのファンの子《こ》たちだね！」

　よく見《み》ると、女《おんな》の子《こ》たちのかばんには、空色《そらいろ》の衣装《いしょう》を着《き》

たカナタによく似《に》た男《おとこ》の子《こ》のマスコットがついています。

「あした、コンサートグッズだけでも買《か》いにいこうかな～」

そう話《はな》す女《おんな》の子《こ》たちのすがたを、カナタがじっと見《み》つめています。

「あの子《こ》たち、カナタのこと、大《だい》すきなんだね」

トワが小声《こごえ》でささやくと、

「さ、トワ。つぎどれ乗《の》る？　せっかく分身《ぶんしん》が仕事《しごと》してくれてるんだから、おれは自由《じゆう》を楽《たの》しまなきゃな！」

カナタは急《きゅう》に立《た》ちあがりました。

その時《とき》。

ぽろり

ジーンズのポケットから、空色《そらいろ》のかけらが落《お》ちました。

とたんに、女の子《おんなのこ》だったカナタは、あっという間《ま》に元《もと》のすがたにもどってしまったのです。

「ええっ、カナタ!?」

「うそ！　なんで？」

となりのベンチの女の子《おんなのこ》たちが、声《こえ》をあげます。

「やべ！　逃《に》げるぞ、トワ」

カナタが、トワのうでをとって走《はし》りだしました。

「だめだよ、カナタ。すぐ追《お》いつかれちゃう！　ほら、乗《の》って！」

すばやくポップコーンと書《か》いてあるワゴンのかげにかくれると、

トワはほうきにまたがりカナタを乗《の》せて、空《そら》へとまいあがりました。

「さっき、ミンブルのカナタがひとりでいたんだって！」

「あっちに走《はし》っていったよ！」

地上《ちじょう》では、いつの間《ま》にか集《あつ》まったたくさんの女《おんな》の子《こ》たちが、あっちこっち走《はし》りまわっています。

観覧車《かんらんしゃ》よりもずっと上《うえ》までまいあがると、トワはほうきにまたがったまま、ふりかえりました。

「危機《きき》いっぱつだったね、カナタ」

「けど、スリルあって楽《たの》しかったあ～！」

チュチュがのんきな声《こえ》でいいました。

「心配《しんぱい》しなくていいよ。たまごのから、わたし、まだもってる」

トワがそういってポケットをさぐっていると、

「あのさ、トワ」

カナタがかすれた声《こえ》でいいました。

「おれ、アイドルにもどるわ」

「ええっ、なんで？」

ふりかえってたずねると、カナタがふっとわらいました。

「気《き》がついたんだ。おれ、やっぱアイドルやるのがすきなんだよ」

そういうと、カナタは目《め》を細《ほそ》めて、足元《あしもと》に広《ひろ》がるテーマパークのあかりを見《み》つめました。

「じつはさ、きょう、トワと遊《あそ》びながら、つぎのアルバムのテーマはこういうのどうかなとか、ライブの照明《しょうめい》にこういうの使《つか》ってもおもしろいなとか、そんなことばっかり考《かんが》えてた」

そこで言葉《ことば》を切《き》ると、カナタはじっとトワを見《み》つめました。

「時間《じかん》に追《お》われて苦《くる》しかったけど、少《すこ》しはなれてみたら、自分《じぶん》は大《だい》すきなことを仕事《しごと》にしてるんだなって気《き》がついた。それに、おれをまっていてくれる人《ひと》たちがいることにも」

(カナタ……)

真剣《しんけん》な表情《ひょうじょう》のカナタを見《み》つめかえします。さっき、はしゃいでいた時《とき》とはちがって、おとなびて見《み》えます。

トワは、にこっとわらって、うなずきました。

「カナタがもどりたい場所《ばしょ》、教《おし》えて。大急《おおいそ》ぎでむかうから」

「今《いま》なら、ぎりぎり、まにあうかもだよ！」

チュチュが声《こえ》をはりあげます。


トワは、野外《やがい》ライブ会場《かいじょう》の裏《うら》に広《ひろ》がる森《もり》の中《なか》におりたちました。

「はい、カナタ。これ、わたしておくね」

空色《そらいろ》のたまごのからを手《て》わたすと、カナタは力強《ちからづよ》くうなずきました。

「きょうは、ホントにありがとな。おれ、アイドルがんばるから、トワもがんばれよ」

カナタがそういって、手《て》をさしだします。

「……うん！」

トワはその手《て》をぎゅっとにぎりかえしました。力強《ちからづよ》くて、大《おお》きな手《て》です。

とたんにカナタのむねのあたりから、空色《そらいろ》のハートがうかびあがり、そのまま、チュチュのおなかのポケットへとすいこまれていきました。

（カナタの『多彩《たさい》な心《こころ》』だ！）

そう思《おも》っていたら、トワのほおになにかがふれました。
やわらかくて、やさしくて、それでいてあまずっぱいふしぎな気《き》
持《も》ち……。カナタがトワのほおにキスをしたのです。

「また会《あ》おうな！」

カナタは手《て》をあげて、ライブ会場《かいじょう》にむかってかけだしました。

「ずるーい！　チュチュもしてほしかった！」

チュチュがジタバタとかばんからぬけだそうとしています。トワはほおに手《て》をあてながら、そのうしろすがたを見《み》おくりました。

（今《いま》のって……キス、だよね？）

その時《とき》、うしろでなにか音《おと》がしました。

ふりかえると、ほうきを地面《じめん》に転《ころ》がして、ぼうぜんとするブラッサムが立《た》っています。

「お、おまえ……！　心配《しんぱい》してきてみたら……」

（やばい！　ブラッサムに今《いま》の見《み》られちゃった？）

トワは息《いき》をのみました。

「なにやってんだよ――――っ！」

ブラッサムがさけんだと同時《どうじ》に、トワはひらりとほうきにまたがります。そして、地面《じめん》を力強《ちからづよ》くけって夜空《よぞら》へとまいあがりました。

「知《し》～らない！」

「ちょっと、まてよーっ！」

ブラッサムを置《お》いて、トワはぐんぐん夜空《よぞら》へあがっていきます。
さっきまでぶつぶつもんくをいっていたチュチュが、かばんから
ひょこっと顔《かお》をだしていいました。
「もう、トワだけずるいんだから。せめてカナタのステージ見《み》ないと、
やってらんないよ！」
「わかったってば。ほら、カナタの歌声《うたごえ》がきこえるよ！」
トワは大《おお》きく旋回《せんかい》すると、空《そら》の上《うえ》から野外《やがい》ライブステージを見《み》お
ろしました。

♪あの日《ひ》きみが教《おし》えてくれた

ぼくのほんとうの気持《きも》ち
きみと見《み》た、あの日《ひ》の空《そら》
永遠《とわ》にわすれたりしないさ

スポットライトにてらされたカナタが、歌《うた》っています。
たくさんの人《ひと》たちが、カナタの歌声《うたごえ》にききいっています。
まるで、カナタに恋《こい》をしているように。
(カナタ、がんばってね。わたしも、がんばるから!)
トワは、銀色《ぎんいろ》の月《つき》にむかってとびたちました。心《こころ》の中《なか》でカナタに語《かた》りかけながら……。

The End

ブラッサムと、オーロラ色《いろ》のたまご

1
ブラッサムのたまご

「♪あの日《ひ》、きみが教《おし》えてくれた、ぼくのほんとうの気持《きも》ち～♪」

よく晴《は》れた日《ひ》の午後《ごご》。魔法学校《まほうがっこう》から帰《かえ》ってきたトワは、最近《さいきん》おぼえたばかりの歌《うた》を口《くち》ずさみながら、庭《にわ》の洗濯物《せんたくもの》をとりこんでいました。

陽《ひ》をたっぷりあびたからか、おひさまのいいにおいがします。

部屋《へや》にもどると、チュチュはベッドの上《うえ》ですやすやとねむっていました。

「もう、チュチュったら、ねてばっかり！」

トワがあきれていると、トントンと玄関《げんかん》のドアをノックする音《おと》がきこえました。

「はーい」

返事《へんじ》をしながらドアをあけると、そこにはブラッサムが立《た》っていました。

「あれ、ブラッサム。どうしたの？」

トワがたずねると、

「うん、まあ、あのさ……」

手《て》をうしろにまわして、もじもじとうつむいています。

「なんなのよ。そういえば、きょう学校《がっこう》でもなんか変《へん》だったよね？」

トワがといつめると、

「……これ！」

ブラッサムが、いきなりトワの前《まえ》になにかをつきだしました。

「え！　それって……！」

トワは、ひゅっと息《いき》をのみました。

目《め》の前《まえ》につきだされたのは、大《おお》きなたまごだったのです！

両手《りょうて》でやっとかかえられるくらいで、今《いま》までチュチュがだしてく

れたものよりも、ずっとずっと大《おお》きなたまごです。表面《ひょうめん》はオーロラ色《いろ》。あわいピンクやブルー、イエローの光《ひかり》をまとっています。

「な、ななな、なんでブラッサムがたまごをもってるの？」

（まさか、ブラッサムもたまごの魔法《まほう》を使《つか》えたりして……？）

そういおうとして、あわてて口《くち》をつぐみました。まずは、ブラッサムの話《はなし》をきこうと思《おも》ったのです。

「じ、じつはさ、これ……」

ブラッサムがなにかいおうとしたとたん、

ピキキッ

たまごの表面《ひょうめん》にひびが入《はい》りました。

「えっ、ちょっと！」

「うわわわ、われる！」

トワとブラッサムがあわてているあいだに、
ぱかっ
とつぜん、たまごがふたつにわれました。

中《なか》からでてきたのは……。

「ユ、ユニコーン？」

トワとブラッサムの声《こえ》が重《かさ》なります。

それは、真《ま》っ白《しろ》なユニコーンでした。

ひたいに小《ちい》さな金色《きんいろ》の角《つの》があり、オー

ロラ色《いろ》のたてがみがほわほわっとはえています。背中《せなか》にはかわいらしいつばさもついていました。

「あれ、おかしいな。ユニコーンにはつばさなんてないはずなのに」

ブラッサムはまじまじと、赤《あか》ちゃんの背中《せなか》を見《み》つめました。

「でも、ちゃんとついてるじゃん。……あっ」

ユニコーンの赤《あか》ちゃんは、大《おお》きなひとみをぱっちりあけると、トワ、そしてブラッサムの顔《かお》を順番《じゅんばん》に見《み》て、

「キュウン！」

ふたりのほおをぺろぺろとなめました。

「や、やだ。ちょっと、くすぐったいよ」

トワが身《み》をよじってわらうと、よろこんでいると思《おも》ったのか、赤《あか》ちゃんはますますふたりのほおをなめまわします。

「なあ、もしかして、おれたちのこと、おとうさんとおかあさんって思《おも》ってるんじゃないか？」

ブラッサムがはずんだ声《こえ》でそういうので、顔中《かおじゅう》なめまわされたトワは、ぐったりしながらいいかえしました。

「そんなわけ、ないでしょ」

「でもさ、ユニコーンって、どうあつかったらいいんだっけ？　おれたち、まだ魔法生物《まほうせいぶつ》の授業《じゅぎょう》をうけてないよな」

ブラッサムの問《と》いかけに、トワは「あ、そうだ」と手《て》をたたきました。ミクなら、ユニコーンのことを学校《がっこう》で習《なら》っていたはずです。

ミクの部屋《へや》の本《ほん》だなから『魔法生物図鑑《まほうせいぶつずかん》』という本《ほん》をとってきて、さっそくページをめくります。

「ホントだ。図鑑《ずかん》のユニコーンにはつばさがないね」

すると、「見《み》ろよ」とブラッサムがページのすみをさしました。

「『まれに有翼《ゆうよく》のものが生《う》まれることがある』だって。すげえ、こいつめずらしいユニコーンなんだ！」

ブラッサムが目《め》をきらきらさせて、赤《あか》ちゃんを見《み》ます。

「ほかには、なんて書《か》いてあるの？」

「うーん……『ユニコーンは獰猛《どうもう》な生《い》き物《もの》である』、かあ。そんなふうには見《み》えないけどなあ」

「ドーモーってなに？」

たずねると、ブラッサムがあきれたように顔《かお》をしかめます。

「なんだよ。トワったらそんなことも知《し》らないのか？　獰猛《どうもう》は、『らんぼうで、あらあらしい』って意味《いみ》」

トワは、「ええっ」とおどろきの声《こえ》をあげて、ちらりとユニコーンの赤《あか》ちゃんを見《み》ました。

赤《あか》ちゃんは知《し》らん顔《かお》でブラッサムの手《て》からゆかにおりたつと、そこらじゅうのにおいをかぎはじめました。

「キュウン、キュウン」

なにかをうったえるように鳴《な》いています。

「もしかして、おなかがすいてるんじゃないか？」

「あ、そうかも。なにかあげなきゃ、あばれるかもしれないよね」

トワはあわてて、キッチンへむかいました。

「ほら、こっちにおいで」

赤《あか》ちゃんは、おとなしくトワのあとをついてきます。

「ええっと、なにをあげればいいのかな。ユニコーンの赤《あか》ちゃんって、なにを食《た》べるんだろ？　にんじんとか？」

キッチンで、トワがあれこれ戸《と》だなをあけていると、ブラッサムが図鑑《ずかん》をめくりながらいいました。

「うーん、ここには書《か》いてないけど、赤《あか》ちゃんなんだから、やっぱりミルクだろ」

「あ、そうか」

トワがスープ皿《ざら》にミルクを入《い》れると、ブラッサムが大《おお》きなスプーンですくって、そっと赤《あか》ちゃんの口元《くちもと》にもっていきます。

ぺろん
赤《あか》ちゃんはひと口《くち》ミルクをなめると、そこからはスープ皿《ざら》に顔《かお》をつっこんで、あっという間《ま》にのみほしてしまいました。

「キュキュウン」

どうやら、おなかいっぱいになったようです。

赤《あか》ちゃんは口《くち》のまわりをぺろぺろなめてから、ブラッサムのそばにかけよってきました。こしのあたりに頭《あたま》をすりつけます。

「おい、もうないよ。やめろってば」

ブラッサムがわらいながら、からになったスープ皿《ざら》を見《み》せました。それでも、赤《あか》ちゃんはブラッサムにまとわりつきます。どうやら、あまえているようです。

「ふふっ、かわいいね」

トワは赤《あか》ちゃんの体《からだ》をなでながらいいました。

「とりあえず、おなかはいっぱいになったみたいだな。……けど、これからこの子《こ》、どうする？」

「どうするっていわれても……」

トワは、もう一度《いちど》赤《あか》ちゃんを見《み》ました。

赤《あか》ちゃんは真《ま》っ黒《くろ》なひとみで、じっとトワを見《み》つめています。

（……やっぱり、ドーモーには見《み》えないけどな）

そこで、トワは大事《だいじ》なことを思《おも》いだしました。

「ねえ、よく考《かんが》えたら、さっきのたまご、いったい、どこからもってきたの？」

「そ、それは……」

ブラッサムがトワからさっと視線《しせん》をそらします。

「ちゃんといいなよ！　ユニコーンのたまごなんて、そこらへんに落《お》ちてないでしょ？」

トワがにじりよっても、ブラッサムはだまったままです。

「……あっそ。じゃあいいよ。それならマリーにいいつけるから」

そういって、トワが玄関《げんかん》のドアノブに手《て》をかけようとすると、ブラッサムがあわててとめました。

「わかったってば！　ちゃんと説明《せつめい》する！」

2
思《おも》いがけない訪問者《ほうもんしゃ》

「じつはさ、このあいだフロウの店《みせ》によったんだ。その時《とき》このたまごを見《み》つけて、あんまりきれいだからつい買《か》っちゃって」

「え～っ、ユニコーンのたまごを？」

トワの言葉《ことば》に、ブラッサムはあわてて首《くび》を横《よこ》にふりました。

「ちがうちがう。まさかユニコーンのたまごだなんて思《おも》わなかったんだよ。なんか、きらきらしてて、きれいだなあって。フロウも、中身《なかみ》は生《う》まれてみなきゃわからないっていうし、おもしろそうだなあって……」

最後《さいご》のほうは声《こえ》が小《ちい》さくなっています。

「あっきれた。で、なんでうちにそのたまごをもってきたわけ？」

トワに問《と》いつめられ、ブラッサムはますますうつむきました。

「それがさ、どんどんたまごが大《おお》きくなって、なんかやばいって思《おも》ってさ。ばあちゃんに見《み》つかったらおこられるだろうし、トワんちなら、うるさいおとながいないだろ？　それで、ちょっとあずかってもらえないかなあって……」

「もう、いいかげんなんだから！」

トワはぷりぷりおこって、うでを組《く》みました。

「どうするつもり？　この子《こ》、ほったらかしにできないよ？」

「おれだって、今考《いまかんが》えてるんだって」

ふたりでいいあっていると、ユニコーンがおろおろしたようにトワとブラッサムの顔《かお》をのぞきこみました。

うるんだ真《ま》っ黒《くろ》なひとみでじっと見《み》つめられると、なんにもいえなくなってしまいます。

「ごめん、ごめん、びっくりさせて。だいじょうぶ、おとうさんとおかあさんはケンカなんてしてないよ」

ブラッサムがあわてて背中《せなか》をなでると、

「キュキュウン」

ユニコーンの赤《あか》ちゃんがうれしそうに鼻先《はなさき》をすりよせました。

「えへへ。くすぐったいよ」

ブラッサムが体《からだ》をよじります。

「だから、だれが、おとうさんとおかあさんよ」

トワがむすっとすると、とたんにブラッサムが鼻《はな》にしわをよせました。

「いいから！　また、ケンカしてるって思《おも》っちゃうだろ」

なっとくできませんでしたが、赤《あか》ちゃんを心配《しんぱい》させないために、トワはしぶしぶうなずきました。

ブラッサムは、赤《あか》ちゃんのたてがみをなでながら、目《め》を細《ほそ》めます。

「あー、このたてがみ、きれいだなあ。よしよし、気持《きも》ちいいか。キュウちゃん」

トワは目《め》を見《み》ひらきました。

「えっ、『キュウちゃん』ってなによ。名前《なまえ》までつけちゃったわけ？」

でも、ブラッサムは知《し》らん顔《かお》です。

「だって、赤《あか》ちゃんってよぶのもおかしいだろ？　キュウキュウ鳴《な》くから、キュウちゃん。よびやすいし、かわいいじゃん」

「まあ、そうだけどさ。ますますなつかれちゃうよ？」

「いいだろ、べつに。おれ、キュウちゃんのおとうさんになるんだ。

そうそう、トワもきょうからキュウちゃんのおかあさんだからな」

（なにそれー！　たしかにキュウちゃんはかわいいけど、勝手《かって》にそんなこと、決《き》めないでほしい！）

トワは、キュウちゃんとじゃれているブラッサムをあきれ顔《がお》でしばらく見《み》ていましたが、あきらめてテーブルの上《うえ》の図鑑《ずかん》に手《て》をのばしました。

（とにかく、お世話《せわ》をしなきゃいけないことだけはたしかだもんね）

そう思《おも》いながらページをめくり、ハッとしました。

「ねえ、ブラッサム。ちょっとこれ見《み》て！」

「なんだよ」

ブラッサムが、めんどくさそうに
トワが指《ゆび》さした先《さき》を読《よ》みました。

ユニコーンは成長《せいちょう》がとてもはやく、
生《う》まれてから数時間《すうじかん》でおとなと同《おな》じ
大《おお》きさになる。

トワとブラッサムは、キュウちゃんをまじまじ
と見《み》ました。そういわれてみれば、なんとなく
さっきよりも大《おお》きくなっているような気《き》がします。

「そんなあ。それなら、ますますうちに置《お》いておけないよ」

「だよな……。ひとりで、るす番《ばん》もさせられないし」

ドンドンドン
ふいに、玄関《げんかん》のドアを激《はげ》しくたたく音《おと》がして、トワとブラッサムはその場《ば》でとびあがりました。

「はっ、はい！」

トワが玄関《げんかん》にかけよると、ドアのむこうから低《ひく》い声《こえ》がしました。

「トワ。ちょっとここをあけておくれ」

その声《こえ》をきいて、トワとブラッサムは顔《かお》を見《み》あわせました。

ブラッサムのおばあちゃん、マリーです。

「やばい、ばあちゃんだ」

「キュウちゃんをかくさなきゃ！」

トワは、あわててキュウちゃんを自分《じぶん》の部屋《へや》へと連《つ》れていきました。あきれたことに、チュチュはまだベッドの上《うえ》で、すやすやとしあわせそうにねむっています。でも、起《お》こしている時間《じかん》はありません。

「おねがい、チュチュ。キュウちゃんがさわがないように見《み》てて！」

トワはとにかくそういうと、バタンとドアをとじました。それから、「こほん」とひとつせきをして、玄関《げんかん》のドアをあけにいきました。

「なにをやっていたんだい。ずいぶん、おそかったねえ」

ドアのむこうには、古《ふる》ぼけた山高帽《やまたかぼう》をかぶったマリーが立《た》っていました。

肩《かた》にふくろうのジャックを乗《の》せています。

「ご、ごめんなさい。部屋《へや》が散《ち》らかってたから」

どぎまぎしながらトワがこたえると、マリーはぎろりとブラッサムをにらみつけました。

「おや、ブラッサム。あんた、どうしてトワの家《いえ》におじゃましてるんだい。学校《がっこう》の宿題《しゅくだい》はどうしたね？」

「え？　ええっと、トワに宿題《しゅくだい》を教《おし》えにきたんだよ。トワのやつ、成績《せいせき》がよくないからさ」

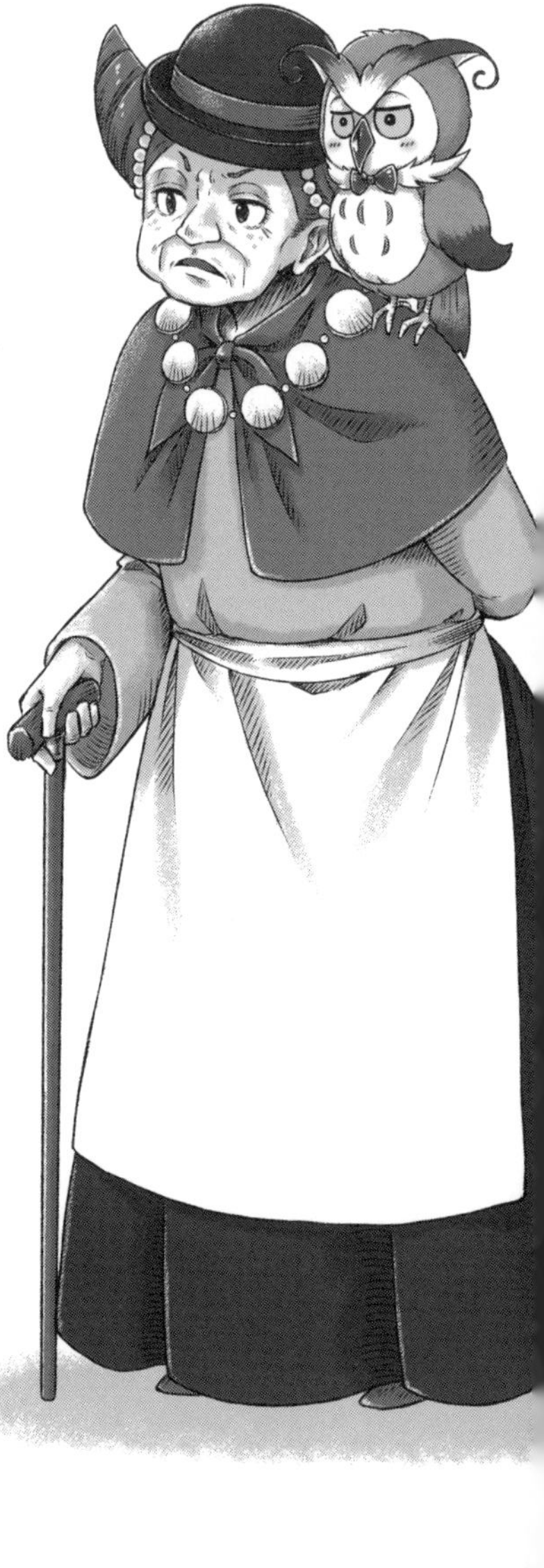

ブラッサムが目《め》をきょときょとさせながらこたえたので、
トワは思《おも》いきりブラッサムのわきばらをつねりました。

「……イッテ！」

ブラッサムは目《め》になみだをためて、トワをにらみました。

「なんだよ、なにするんだよ」

「わたしの成績《せいせき》がよくないなんて、いちいちマリーにいわなくていいでしょっ！」

小声《こごえ》でどなりつけると、

「だって、それはホントのことだろ！」

ブラッサムも、こそこそいいかえしてきます。

「ふうん、宿題《しゅくだい》っていうのは、それかい？　魔法皆伝《まほうかいでん》を受《う》けたばかりなのに、ずいぶんむずかしい勉強《べんきょう》をしているんだねえ」

マリーが杖《つえ》で、テーブルの上《うえ》に置《お》いてある『魔法生物図鑑《まほうせいぶつずかん》』をさしました。

(やばい！　かたづけるの、わすれてた！)

マリーがふたりの顔《かお》をじいっとのぞきこみます。

「ええっと、ブラッサムが予習《よしゅう》もしておこうっていったから」

トワはごまかすようにいいました。

すると、とつぜんジャックが首《くび》をかしげるようなしぐさをして、ばさばさとつばさを広《ひろ》げました。

「マリーさま、奥《おく》の部屋《へや》から、なにか音《おと》がしましたゾ！」

トワとブラッサムは、ぎょっとしてふりかえりました。

たしかにドアのむこうから、どしんどしんと、なにかがぶつかる音《おと》がきこえます。

「おかしいねえ。この家《いえ》には、あんたしかいないはずだろ？」

「な、なんだろ？　ねずみかなあ？　ねえ、ブラッサム」

トワが、ブラッサムに目配《めくば》せをします。

「あ、ああ。そうだよ、きっと。トワの部屋《へや》、きたないから」

（また、よけいなことといって！）

トワはブラッサムの足《あし》をふみつけてやりました。

マリーはしばらくトワの部屋《へや》につづくドアをにらみつけていましたが、フンと鼻《はな》を鳴《な》らしました。

「まあ、なにもないならそれでいい。わたしは、あんたになにか、こまったことが起《お》きてないか見《み》にきただけだからね」

「……え？　見《み》にきただけ？」

トワはおどろいて、ききかえしました。

「マリーさま！　ほんとうにいいのデスか？　あの部屋《へや》、あやしいですゾ！」

肩《かた》の上《うえ》のジャックがわめきたてますが、マリーは知《し》らん顔《かお》でつづけました。

「ミクがあんなことになって、わたしも魔女長老会《まじょちょうろうかい》の一員《いちいん》として、心《こころ》を痛《いた》めているんだよ。なにしろあんたはまだ、ほんの小《ちい》さな子《こ》どもだ。なのに、たったひとりで生《い》きていかなきゃいけないいんだから」

そういって、じっとトワを見《み》つめました。灰色《はいいろ》のひとみが、少《すこ》しうるんでいるように見《み》えます。

「いいかい。もう一度《いちど》いうよ。こまったことが起《お》こったら、いつでもわたしにいうんだ。わかったね」

トワは、うつむいてこたえました。

「……わかりました。ありがとう、マリー」

マリーはうなずくと、まだぎゃあぎゃあわめいているジャックを肩《かた》に乗《の》せたまま、いってしまいました。

3

キュウちゃん、だめ！

「ふーっ、助《たす》かったあ。ばあちゃんに気《き》づかれずにすんだな」

ブラッサムはほがらかにわらっていましたが、トワはふくざつな気持《きも》ちでした。

（マリーは、ただこわいだけの人《ひと》じゃないのかもしれない）

ミクに古《いにしえ》の魔法《まほう》をかけた魔女長老会《まじょちょうろうかい》の人《ひと》だから、トワのことも目《め》のかたきにしているんだと思《おも》っていました。

でも、どうやらそうではないようです。

もやもやした気持《きも》ちのまま、トワは自分《じぶん》の部屋《へや》へかけこみました。

「どうしたの、キュウちゃん！　……うわあ」

トワは目《め》の前《まえ》の光景《こうけい》を見《み》て、真《ま》っ青《さお》になりました。部屋中《へやじゅう》が、白《しろ》い羽《はね》でうめつくされていたのです。

ベッドの上《うえ》に乗《の》せていたクッションはぺったんこ。それだけではありません。トワの机《つくえ》の上《うえ》の本《ほん》も全部《ぜんぶ》ゆかにばらまかれ、びりびりにやぶれています。

そばでは、なにも知《し》らずにすやすやねむる、チュチュのすがたがありました。

「ちょっとお、チュチュってば！　ちゃんと、キュウちゃんのこと、見《み》てててっていったでしょう？」

トワがそういうと、ブラッサムがきょとんとしました。

「だれに話《はな》しかけてるんだ？　まさか、そのぬいぐるみ？」

（はっ、そうだ。ブラッサムはまだ、チュチュがしゃべれること、知《し》らないんだっけ）

トワはあわてて口《くち》をつぐみました。

「あはは、なんでもない、なんでもない」

キュウちゃんが口《くち》にトワのまくらをくわえ、ごきげんな様子《ようす》でかけよってきます。

「キュウ、キュウーン！」

そののんきな様子《ようす》を見《み》て、トワはカッと頭《あたま》に血《ち》がのぼりました。

「もう、キュウちゃん！　こんなことしちゃダメでしょう！」

とたんにキュウちゃんは、びくんと体《からだ》をゆらしました。耳《みみ》としっぽをたらして、ブラッサムのうしろにかくれます。

「おい、トワ。気持《きも》ちはわかるけど、いきなりどなることないだろ」

ブラッサムの言葉《ことば》に、トワはハッとしました。

（……そうだよね。キュウちゃんは生《う》まれたばかりだもん。なんにもわからずにやっちゃったんだよね）

「ごめんね、キュウちゃん。でも、もうこんなことしないでね」

トワがたてがみをなでてやさしく語《かた》りかけると、

「キュウ」

キュウちゃんは返事《へんじ》をするようにこたえました。

「やっぱり、キュウちゃんを部屋《へや》の中《なか》に置《お》いておくのはムリだ。これからどうする？」

ブラッサムにきかれて、トワはうつむきました。

「だから、どうするっていわれても、わたしにもわかんないよ」

しゃがんでキュウちゃんを、ぎゅっとだきしめます。

トワたちは昼間《ひるま》、学校《がっこう》にいかなくてはなりません。

そのあいだ、キュウちゃんはひとりぼっちになってしまいます。

さっき、ほんの少《すこ》しのあいだ部屋《へや》にとじこめただけで、あんなにあばれまわったのです。この先《さき》、どんどん体《からだ》が大《おお》きくなったら、キュウちゃんは家《いえ》ごとこわしてしまうでしょう。そうなる前《まえ》に、マリーやジャックに見《み》つかってしまうかもしれません。だからといって、外《そと》で自由《じゆう》にさせるわけにもいきません。

「そうだ、フロウのところに相談《そうだん》にいこうぜ」

ブラッサムが思《おも》いつきました。

「ええっ、でも、どうやってキュウちゃんをつれていくの？　ここからだいぶ遠《とお》いんだよ？」

トワがいうと、ブラッサムは自分《じぶん》のむねをどんとたたきました。

「まかせろ。おれが魔法《まほう》でキュウちゃんを小《ちい》さくしてみせるから」

「はあ？　そんなこと、できるの？」

うたがわしそうににらむと、ブラッサムは顔《かお》を赤《あか》くしました。

「おれは、トワより先《さき》に魔法皆伝《まほうかいでん》したんだぞ。それくらいできるし」

いうなり、ズボンのポケットから杖《つえ》をとりだします。その杖《つえ》を見《み》て、トワは目《め》を見《み》はりました。

「ブラッサムったら、それ、どうしたの?」

「へへっ。こづかいをためて買《か》ったんだよ。いいだろ?」

(えーっ! そんなの、アリ?)

★・✦・★

魔法《まほう》の杖《つえ》は、十三さいにならないと魔女長老会《まじょちょうろうかい》から支給《しきゅう》されません。使《つか》いかたによってはとても危険《きけん》なものだからです。

なので、上級魔法《じょうきゅうまほう》をしっかり学《まな》んだあとでないと、使《つか》わせてもらえません。

でも、学校《がっこう》にはブラッサムのように、こっそり杖《つえ》を手《て》に入《い》れている子《こ》もいました。魔女長老会《まじょちょうろうかい》おすみつきの杖《つえ》でなければ、見《み》つかったらとりあげられるのですが、じつはトワも、ちょっぴりほしいなと思《おも》っていました。

★・✦・★

「いいか、見《み》てろよ」

ブラッサムは、キュウちゃんにむけて杖《つえ》をつきだしました。

「スモール、モルモル……小《ちい》さくなれ！」

ぽん！

とたんにキュウちゃんの体《からだ》が、小《ちい》さくなりました。

「わっ、すごいじゃん！」

トワは小《ちい》さくなったキュウちゃんをさっそくてのひらに乗《の》せてみます。

「かっわいいい！」

キュウちゃんは、トワの手《て》の上《うえ》でキュウキュウ鳴《な》いてはねまわっています。

「このサイズなら、このままうちでくらすこともできるかも」

トワがいうと、ブラッサムはとんでもないと首《くび》を横《よこ》にふりました。

「だめだよ、トワ。キュウちゃんを、ずっととじこめるつもりか？　そのせいで、もし病気《びょうき》になったら、どうする？　おれたち、ユニコーンのことなんにもわかってないのに」

「なによ。ブラッサムは、キュウちゃんがかわいくないの？　さっき、キュウちゃんのおとうさんになるっていってたくせに！」

トワはキュウちゃんをてのひらの中《なか》につつみ、ぎゅっとむねにかかえこみました。

苦《くる》しいのか、キュウちゃんはパタパタと小《ちい》さなつばさを広《ひろ》げてあばれています。

「トワ！」

ブラッサムが、トワの肩《かた》に手《て》を置《お》きました。

「だからこそ、キュウちゃんにとってなにが一番《いちばん》いいのか、考《かんが》えてやらなきゃいけないんじゃないか。おれたちには、それがわからない。だから、フロウにききにいくんだ。たとえ、それでキュウちゃんと別《わか》れることになったとしても、それはしかたないことなんだよ」

ブラッサムの真剣《しんけん》なひとみに見《み》つめられ、トワはゆっくりとてのひらを広《ひろ》げました。くやしいけれど、ブラッサムのいうとおりです。

キュウちゃんが、ぴょこんと首《くび》をのばして、ぺろぺろとトワのほおをなめています。

「さあ、はやくいこうぜ。もうすぐ、陽《ひ》がしずんでしまう」

ブラッサムのよびかけに、トワは「うん」とうなずきました。

さっそくキュウちゃんと、ねているチュチュをそっとかばんの中《なか》に入《い》れると、ほうきをつかんで外《そと》にでます。

「よーし、いくよ！」

地面《じめん》をいきおいよくけり、うかびあがるほうきにとびのります。

「まてって、トワ」

ブラッサムも、玄関《げんかん》に立《た》てかけてあるほうきをつかみ、あわてて追《お》いかけてきました。

太陽《たいよう》は遠《とお》い山《やま》のはしにしずみ、空《そら》にうかぶ月《つき》の輪《りん》かくが、じょじょにくっきりとしはじめました。

バジル街《がい》の上空《じょうくう》あたりにさしかかった時《とき》です。

トワのかばんの中《なか》で、キュウちゃんがとつぜん、ばたばたとあばれだしました。

「キュウちゃん、だめ！　ほら、おとなしくして！　あぶないよ」

すると見《み》る見《み》るうちに、かばんがむくむくとふくらんで、まるで振《ふ》り子《こ》のように左右《さゆう》に大《おお》きくゆれはじめたのです。

「だめ、落《お》ちちゃう……！」

ほうきが、ぐるりとさかさまになり、かばんの中《なか》のチュチュとキュウちゃんを守《まも》ろうとしたトワは、ついにほうきから手《て》をはなしてしまいました。

「きゃあ――っ！」

まっさかさまに地面《じめん》に落《お》ちていきます。

「トワーッ！」

4
オーロラ色《いろ》のつばさ

（わたし、このまま死《し》んじゃう！）

ぎゅっと目《め》をつむったその時《とき》です。

バサッ、バサバサッ

大《おお》きな羽音《はおと》がしたかと思《おも》うと、トワはなにかに受《う》けとめられました。

白《しろ》く光《ひか》って風《かぜ》になびくたてがみ。

月《つき》あかりにてらされたオーロラ色《いろ》のつばさ。

なんと、大《おお》きくなったキュウちゃんの背中《せなか》に乗《の》っていたのです。

キュウちゃんの口《くち》には、トワのほうきがくわえられています。

「キュウちゃん！　助《たす》けてくれたの？」

トワがうでをのばして、ほうきを受《う》けとると、

「キュウ」

キュウちゃんが短《みじか》く鳴《な》きました。

（あ。そうだ。チュチュは？）

いそいでかばんの中《なか》をのぞくと、チュチュは相変《あいか》わらずスヤスヤねています。

（……信《しん》じらんない。ホントのんきなんだから！）

「おおい、トワ！　だいじょうぶか？」

ほうきに乗《の》ったブラッサムが、キュウちゃんの横《よこ》にならびました。

「ごめん、トワ。おれの杖《つえ》、ニセモノだから、キュウちゃんにかけた魔法《まほう》がすぐとけちゃったんだな。こわい思《おも》いをさせて、ごめん」

ブラッサムが、今《いま》にも泣《な》きそうな顔《かお》であやまります。

すると、キュウちゃんが鼻先《はなさき》をブラッサムにおしつけました。

「おい、なんだよ」

ブラッサムがたずねると、キュウちゃんは首《くび》をまわして、しきりにうしろをふりかえります。

「……もしかして、おれにも背中《せなか》に乗《の》れっていってる？」

ブラッサムの質問《しつもん》に、キュウちゃんはうれしそうに「キュウ」と

こたえました。
「よ、よ～し」
ブラッサムはこわごわトワの肩《かた》に手《て》をかけると、ほうきをつかんでキュウちゃんの背中《せなか》に乗《の》りこみました。
「ちょっと、ブラッサム、くっつきすぎだよ！」

「しょ、しょうがないだろ！　せまいんだから」

日《ひ》はすっかりくれて、空《そら》には銀色《ぎんいろ》の月《つき》がでています。小《ちい》さな星《ほし》たちがきらめく中《なか》、キュウちゃんはオーロラ色《いろ》のつばさを大《おお》きく広《ひろ》げ、夜《よる》の空《そら》をゆったりと進《すす》んでいきます。

その美《うつく》しさに、トワは息《いき》をのみました。

（ああ、なんてきれいなの）

夢《ゆめ》のような景色《けしき》を見《み》ながら、トワは、いつまでもこうしていられたらいいのにと心《こころ》の中《なか》で思《おも》いました。

すっかり陽《ひ》が落《お》ちて、うす暗《ぐら》くなった裏通《うらどお》りにつくなり、トワはブラッサムにキュウちゃんをまかせ、大急《おおいそ》ぎでフロウの店《みせ》をさがしました。

(フロウの店《みせ》……。たしかこっちだったはず)

月明《つきあ》かりをたよりに目《め》をこらしますが、街灯《がいとう》のない通《とお》りでは、よく見《み》えません。

その時《とき》、カラカラと空《あ》き缶《かん》が転《ころ》がる音《おと》がしました。

ふりかえると、木箱《きばこ》の上《うえ》に黒《くろ》い猫《ねこ》がすわっています。トワを見《み》つめ、「みゃあん」と鳴《な》きます。

「見《み》つけた、あそこだよ！」

トワはブラッサムにそう伝《つた》えると、先《さき》に路地《ろじ》へと入《はい》りました。

「フロウ！」

古《ふる》ぼけたランプがぶらさがっている店《みせ》のドアをおすと、ほろにがいコーヒーの香《かお》りがただよってきました。

「やあ、トワ。こんな時間《じかん》にどうしたんだい」

フロウが、のんびりとたずねます。

「どうしたんだい、じゃないよ！」

トワは、カウンターの上《うえ》にばしんと手《て》をたたきつけました。

「ねえ、フロウ。このあいだ、ブラッサムにたまごを売《う》ったでしょ。あれ、ユニコーンのたまごだって知《し》ってたの？」

トワの言葉《ことば》に、フロウはコーヒーをのもうとしていた手《て》をとめました。

「ユニコーン？　それ、ほんとうか？」

「ほんとうだよ。ほら、見《み》て！」

いうなり、トワはフロウのうでをつかみました。

トワにひきずられるようにして店《みせ》の外《そと》にでたフロウは、路地《ろじ》の先《さき》にたたずむブラッサムとキュウちゃんを見《み》て、あんぐりと口《くち》をあけました。

「……しかもこれは、有翼《ゆうよく》のユニコーン、アリコーンじゃないか」

「アリコーン？」

トワとブラッサムの声《こえ》がかさなります。

「ねえ、フロウ。あのたまご、どこからもってきたの？」

トワがたずねると、フロウはもうしわけなさそうにこたえました。

「店《みせ》の前《まえ》に転《ころ》がっていたんだよ。めずらしい色《いろ》のたまごだから、売《う》り物《もの》になるかと思《おも》って、とりあえず店《みせ》に置《お》いたんだ」

「ひってえ！　ひろったものを売《う》ったのかよ。おれのなけなしのこづかいだったのに！」

ブラッサムが、ぷんぷんおこります。

「悪《わる》い悪《わる》い。しかし、なるほどな。ということはおおかた、密猟者《みつりょうしゃ》がプルギスの森《もり》からぬすんできたたまごだったんだろう。うっかり落《お》としてしまったのか、それとも魔女長老会《まじょちょうろうかい》に見《み》つかる前《まえ》にこっそりかくしたつもりだったのか……」

「ええっ、密猟者《みつりょうしゃ》？」

トワとブラッサムがおどろきの声《こえ》をあげます。

フロウは、長《なが》い前髪《まえがみ》をはらいのけてからこたえました。

「ああ。ユニコーンはめずらしい生《い》き物《もの》だから、高《たか》く売《う》れるんだよ。とくに有翼《ゆうよく》のアリコーンは格別《かくべつ》だ。見世物小屋《みせものごや》に売《う》りとばされることもある。それに、角《つの》は魔法《まほう》の道具《どうぐ》に加工《かこう》しやすいんだ。違法《いほう》につくられるものに多《おお》く使《つか》われている。たとえば、魔女長老会《まじょちょうろうかい》のおすみつきではない魔法《まほう》の杖《つえ》なんかにね」

フロウの言葉《ことば》に、ブラッサムの肩《かた》がぴくりと動《うご》きました。

「……そうなの？」

「ああ。どうした、ブラッサム。顔色《かおいろ》が悪《わる》いが」

フロウにきかれて、ブラッサムはうつむいて首《くび》を横《よこ》にふりました。

「ううん、なんでもない」

「おれの店《みせ》にも、魔法界《まほうかい》では違法《いほう》とされる道具《どうぐ》がいろいろ置《お》いてある。だが、だれかの命《いのち》とひきかえにつくられたものは、決《けっ》して売《う》らないことにしているんだ。これは、おれのポリシーでね」

フロウはそういうと、真《ま》っ黒《くろ》なひとみでたたずむキュウちゃんのたてがみにそっとふれました。キュウちゃんは、フロウの指先《ゆびさき》をフンフンかぐと、とたんに体《からだ》をすりよせました。

どうやら、フロウのことを気《き》に入《い》ったようです。

「ユニコーンは、プルギスの森《もり》の奥深《おくふか》くにすんでるといわれてる。今《いま》ごろ、この子《こ》の親《おや》は血《ち》まなこになってさがしているだろう」

トワとブラッサムは顔《かお》を見《み》あわせました。

「そんな……！」

「いそいで、かえしてあげなきゃ！」

プルギスの森《もり》は目《め》の前《まえ》です。

5

さよならはプルギスの森《もり》で

「おい、ちょっとまて」

すぐにかけだそうとすると、うしろからフロウによびとめられました。

「夜《よる》の森《もり》は危険《きけん》だ。それに、ユニコーンは警戒心《けいかいしん》が強《つよ》い。その子《こ》をつれていったら、おまえたちがたまごをぬすんだと思《おも》われちまうぞ」

「そんな……」

足《あし》をすくませるトワの横《よこ》で、ブラッサムがきっぱりといいました。

「だいじょうぶさ。おれたちはキュウちゃんをかえしにいくんだ。きちんと心《こころ》をこめて伝《つた》えれば、伝《つた》わる」

「……そうか。それもそうだな」

ふっとほほえむと、フロウは店《みせ》の軒先《のきさき》にかかっていたランプをはずして、トワにさしだしました。

「もっておいき。危険《きけん》から守《まも》ってくれる魔法《まほう》がかけてあるから」

「ありがとう、フロウ」

トワは、ランプをうけとり、うなずきました。

「それと、これ」

フロウは、つやつやとした杖《つえ》をブラッサムにわたしました。

「心配《しんぱい》するな。魔女長老会《まじょちょうろうかい》のおすみつきだ。おれのものだが、とくべつに貸《か》してやる。この子《こ》の親《おや》が、ものわかりのいいやつならいいが、もしもの時《とき》のためにもっていけ。しっかりトワを守《まも》るんだ。いいな？」

「うん。わかってる」

ブラッサムが真剣《しんけん》な顔《かお》でうなずきます。そして、ポケットから自《じ》分《ぶん》の杖《つえ》をだすと、フロウに手《て》わたしました。

「ごめん、これ、すてといて」

フロウはまゆをあげて杖《つえ》を受《う》けとると、ブラッサムの頭《あたま》をらんぼうになでました。

「わかった、まかせとけ」

「おれ、トワのことぜったい守《まも》ってみせるよ」

その言葉《ことば》をきいて、トワはドキッとしました。ブラッサムの横顔《よこがお》が、やけにおとなっぽく見《み》えたのです。

「さあ、いこうぜ、トワ」

「う、うん」

★・✦・★

トワとブラッサムはキュウちゃんをつれて、フロウの店《みせ》をあとにしました。裏通《うらどお》りをぬけ、プルギスの森《もり》へと進《すす》みます。とたんにあたりが真《ま》っ暗《くら》になり、闇《やみ》につつまれました。

空《そら》と地面《じめん》の境目《さかいめ》も、もうわからないくらいです。トワがもつランプのあかりがとどくところだけが、明《あか》るくてらされています。

ざわざわと葉《は》がゆれる音《おと》、どこかで狼《おおかみ》が遠吠《とおぼ》えしているような声《こえ》が、たえまなくきこえます。そのたび、トワとブラッサムはびくっと体《からだ》をふるわせましたが、それでもへっぴりごしで前《まえ》に進《すす》みました。

「キュウン！」

とつぜん、キュウちゃんが声《こえ》をあげて走《はし》りだしました。

あわててトワがランプをかかげます。

「キュウちゃん！　どこいくの？　もどっておいで！」

キュウちゃんのまわりにオーロラ色《いろ》の光《ひかり》が集《あつ》まり、きらきらとかがやきだします。遠《とお》ざかっていくそのすがたは、まるでプルギスの森《もり》の闇《やみ》の中《なか》にすいこまれていくようです。

「まって、キュウちゃん！」

いそいで追《お》いかけようとして、息《いき》をのみました。闇《やみ》の中《なか》に、ポッとほのおがともったのです。

ひとつ、そしてまたひとつ。

よく見《み》ると、それはかがやくユニコーンの群《む》れでした。キュウちゃんのようにオーロラ色《いろ》の光《ひかり》につつまれているわけではありません。ユニコーンたちは、全身《ぜんしん》からほのおのような赤《あか》い光《ひかり》を立《た》ちのぼらせていました。

「……トワ、気《き》をつけろ！」
ブラッサムが低《ひく》い声《こえ》でいいました。
「あの色《いろ》……ユニコーンたち、おこってるぞ。
図鑑《ずかん》にそう書《か》いてあった。おれたちが、
たまごをぬすんだと思《おも》ってるんだ」
トワはごくりとつばをのみこみ、あたりを

見《み》まわしました。いつの間《ま》にか、ユニコーンの群《む》れにぐるりととりかこまれています。
トワは、ランプをかざしてさけびました。
「ごめんなさい！　あなたたちの大事《だいじ》なたまごを、もっていってしまって！」

ゴオオッ

とたんに、ユニコーンたちの体《からだ》から、ほのおがふきだしました。

「おい、トワ。それじゃあ、おれたちがぬすんだといってるのと同《おな》じだ。おこらせてどうするんだよ」

ブラッサムがあわてて、トワの手《て》をひっぱりました。

「見《み》ろ。あいつら、今《いま》にもとびかかってきそうだ。あぶないから、おれのうしろにかくれてろ」

ブラッサムの右手《みぎて》ににぎられている杖《つえ》を見《み》て、トワはひやりとしました。このままじゃ、ユニコーンたちと戦《たたか》うことになっちゃう！

「ちがうの。わたしたちはただ、キュウちゃんをおうちにかえそうと思《おも》って、ええっと、そのう……」

どう伝《つた》えればいいのかわからず、トワは声《こえ》をつまらせました。

と、その時《とき》、

「キュウウン！」

キュウちゃんが、くるりと向《む》きを変《か》え、かけもどってきました。

そして、トワとブラッサムを守《まも》るかのように立《た》ちはだかり、大《おお》きなつばさを広《ひろ》げたのです。

「キュウちゃん……！」

トワは、キュウちゃんの首《くび》に手《て》をまわして、しっかりとだきしめました。キュウちゃんの体《からだ》がいっそうかがやきだします。

すると、さっきまでごうごうと音《おと》を立《た》て、全身《ぜんしん》からほのおをあげていたユニコーンたちの体《からだ》の色《いろ》が、じょじょにキュウちゃんと同《おな》じ、オーロラ色《いろ》に変《か》わっていきました。

もえるようだった目《め》が、トワたちを静《しず》かに見《み》つめはじめたのです。

「……伝《つた》わった……のかな」

トワがつぶやくと、ユニコーンが二頭《とう》、ゆっくりとトワたちの元《もと》へ歩《あゆ》みよってきました。

トワはブラッサムと顔《かお》を見《み》あわせ、おそるおそるたずねます。

「もしかして、キュウちゃんのおとうさんと、おかあさん？」

すると二頭《とう》は返事《へんじ》をするかのように、しっぽを大《おお》きくふりました。

「さみしい思《おも》いをさせてごめんね。キュウちゃんをかえすね」

キュウちゃんがまた、トワの鼻《はな》の頭《あたま》をぺろりとなめます。あまえるようにすりすりと鼻先《はなさき》をこすりつけます。

「ありがとう、キュウちゃん」

トワがわらうと、キュウちゃんは「キュウン」と鳴《な》いて、今度《こんど》はブラッサムのうでに鼻《はな》をすりよせました。

「やめろって、おれは、おまえのおとうさんじゃないんだよ」

そういうなり、がばっとキュウちゃんをだきしめます。

「……バイバイ。いたずらばっかりするんじゃないぞ」

声《こえ》がふるえています。

「キュウキュウン」

キュウちゃんは、ブラッサムの目《め》のあたりをぺろんとなめると、ほんとうのおとうさんとおかあさんのあとにつづいて、ユニコーンの群《む》れへともどっていきました。

何度《なんど》も何度《なんど》も、トワたちのほうをふりかえりながら。

「またいつか、会《あ》おうね！　キュウちゃん！」

「元気《げんき》でな！」

トワとブラッサムはキュウちゃんのすがたが見《み》えなくなるまで、
ずっと手《て》をふりつづけました。


プルギスの森《もり》からの帰《かえ》り道《みち》。

ランプをゆらしながら、トワとブラッサムは、それぞれ物思《ものおも》いにふけりながらゆっくりフロウの店《みせ》まで歩《ある》きました。

「ねえ、ブラッサム。さっき、泣《な》いてたでしょ」

「はあ？　なにいってんだよ。おれが泣《な》くわけないだろ」

ブラッサムが、ぷいっとそっぽをむきます。

（ブラッサムったら、はずかしがっちゃって）

ふと見《み》ると、かばんの中《なか》のチュチュは、まだねむったままです。

（あっきれた。チュチュったら、こんなにすごい冒険《ぼうけん》だったのに！）

トワは、小《ちい》さく息《いき》をついて、チュチュの耳《みみ》にふれました。

目《め》をさましたら、教《おし》えてあげよう。

オーロラ色《いろ》のたまごから生《う》まれた、つばさのあるユニコーンの話《はなし》を。
（『どうして起《お》こしてくれなかったの！』なんていうんだろうな）
トワは夜《よる》の森《もり》の中《なか》で、くすっとわらいました。

どうして起《お》こしてくれなかったのー！

この本《ほん》を読《よ》みおわったみんなへ

きのうは、すごい冒険《ぼうけん》だったなあ……！

今《いま》もずっと、どきどきしてる。

だからかな、めずらしく朝《あさ》はやく目《め》がさめちゃった。


夜《よる》の森《もり》はこわかったけど、キュウちゃんを家族《かぞく》の元《もと》にかえしたい！って気持《きも》ちでいっぱいだったから、勇気《ゆうき》をだせたよ。

フロウのお守《まも》りランプと、ブラッサムがいっしょだったし、ね。


さっき、チュチュに全部《ぜんぶ》話《はな》してあげたとこ。

チュチュったら、きのうは朝《あさ》から晩《ばん》まで、ずーっとねてたんだよ！　よくそんなにねられるよね……。


なんかね、夢《ゆめ》を見《み》てたんだって。

ニンゲン界《かい》にいってる夢《ゆめ》で、すごく楽《たの》しかったんだって。


今度《こんど》はその夢《ゆめ》のこと、チュチュが話《はな》してくれる番《ばん》。

紅茶《こうちゃ》をいれて、朝《あさ》ごはんを食《た》べながらきくつもり。

だから、はやくこれを、ほしちゃわなきゃね！

Best Wishes

☆ また会《あ》おうね！ ☆

トワより

チュチュの
おまけ
コーナー

やっほー、チュチュだよ！
最近《さいきん》ねてもねても、まだねむいんだよね～（ふわあ←あくび）
さて今回《こんかい》も、みんなが知《し》りたいことをチュチュがバッチリ
教《おし》えちゃう、おまけコーナーはじまるよ♪
さっそくフロウのお店《みせ》におじゃましまーす！

★フロウの古道具屋《ふるどうぐや》・見取《みと》り図《ず》★

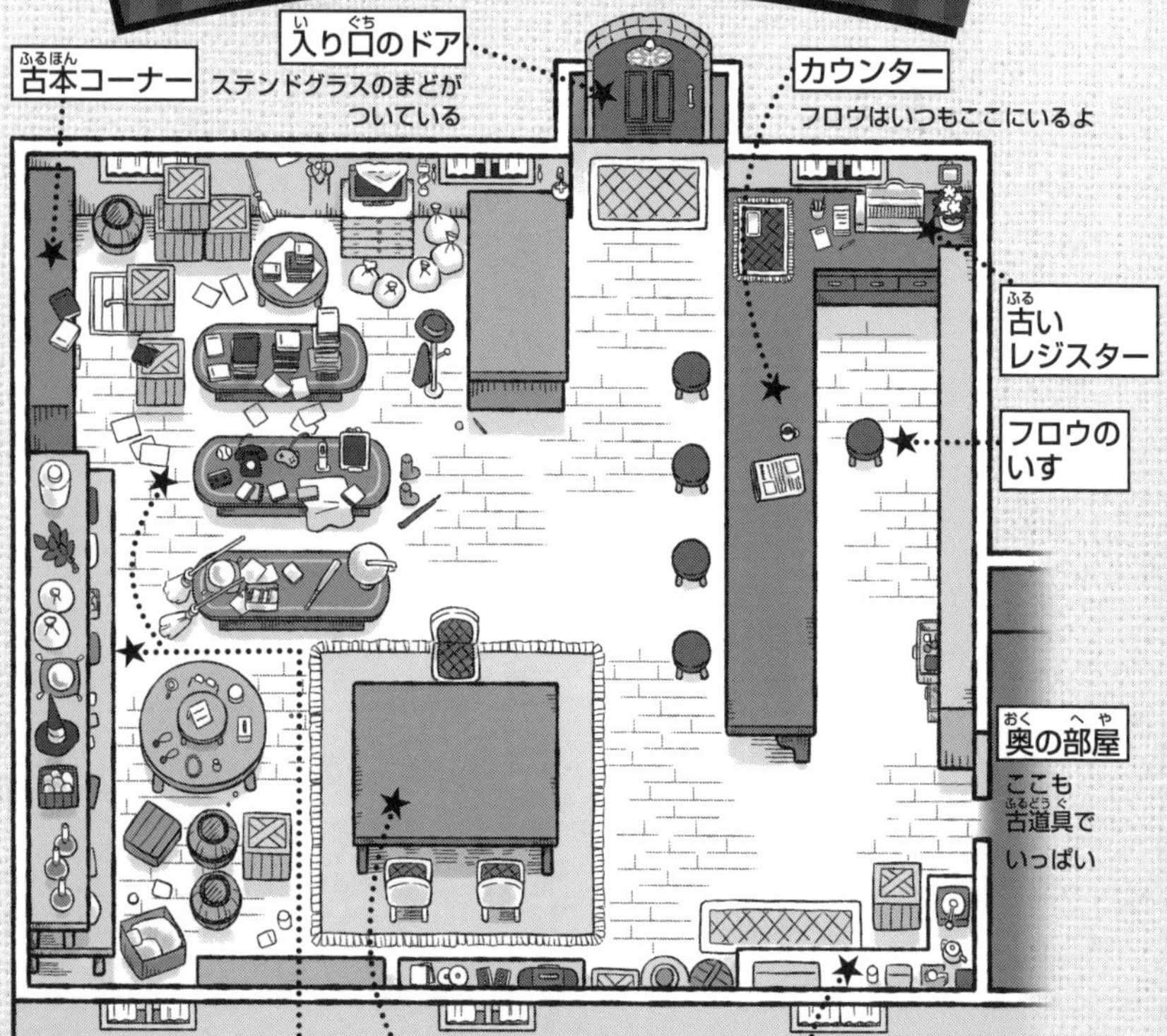
入《い》り口《ぐち》のドア
ステンドグラスのまどがついている
古本《ふるほん》コーナー
カウンター
フロウはいつもここにいるよ
古《ふる》いレジスター
フロウのいす
奥《おく》の部屋《へや》
ここも古道具《ふるどうぐ》でいっぱい
ところせましと置《お》かれた古道具《ふるどうぐ》
商談用《しょうだんよう》テーブル
トワがはじめてお店《みせ》にきた時《とき》、すわったのはここ
小《ちい》さなキッチン
フロウはここでコーヒーをいれるよ

くわしくは左《ひだり》のページへ！

★ほりだしものを見《み》つけよう★
店主《てんしゅ》
フロウ
やあ、いらっしゃい。ゆっくりしておいで。
トランプ
懐中電灯《かいちゅうでんとう》
ドライヤー
ニンゲンの道具《どうぐ》がいろいろ★
イヤホン
黒電話《くろでんわ》
野球《やきゅう》セット
年代物《ねんだいもの》のアイテムもあるね
カセットテープ
マウス
ライター
おしゃべり鏡《かがみ》
悪魔《あくま》よけのお守《まも》り
古《ふる》い巻《ま》き物《もの》
水晶玉《すいしょうだま》
魔法《まほう》のコンパス
マイク
レトロなテレビ
もちろん魔法《まほう》の古道具《ふるどうぐ》も★
まじないアロマ
落《お》とし物《もの》のかぎ
発光《はっこう》キノコ
ドライハーブ
ガラクタから貴重《きちょう》なものまで
キリクさまのグラビア!?まさか、ばあちゃんのもあったりして……
キリクさま とりおろし☆
げ
すご〜い!
羽根《はね》ペンとインク
これ、カナタの特集《とくしゅう》だ!
一番人気《いちばんにんき》は古本《ふるほん》コーナー★
まったね〜!
チュチュはコーヒーのめないけど、この香《かお》りはすきだな〜。
STAR
KANATA
☆ミントブルー カナタ

魔法屋《まほうや》ノート

ユニコーンって、どんな生《い》き物《もの》？

伝説《でんせつ》のユニコーンの図《ず》
らせん状《じょう》にすじの入《はい》った、長《なが》くまっすぐでするどい角《つの》
白《しろ》い馬《うま》のような体《からだ》
ヤギのあごひげがある場合《ばあい》も
ふたつにわかれたひづめ
ライオンのしっぽをもつものも

ユニコーンは、一角獣《いっかくじゅう》ともよばれる、伝説上《でんせつじょう》の動物《どうぶつ》。ひたいの真《ま》ん中《なか》に一本《いっぽん》の角《つの》をはやし、白《はく》馬《ば》のような美《うつく》しいすがたをしています。おだやかそうに見《み》えるけれど、じつはかなり獰猛《どうもう》（「らんぼうで、あらあらしい」という意味《いみ》だって、ブラッサムが教《おし》えてくれたね）な性格《せいかく》！

その角《つの》には、とくべつないやしの力《ちから》があるといわれていて、中世《ちゅうせい》のヨーロッパでは、ユニコーンの角《つの》といつわって、イッカク（実在《じつざい》するクジラ類《るい》の動物《どうぶつ》）のきばが薬《くすり》として売《う》られていたこともあるんだって。

500年以上《ねんいじょう》も前《まえ》の織物《おりもの》にもえがかれているユニコーン。はるかむかしから人々《ひとびと》は、ユニコーンの伝説《でんせつ》をしんじていたんだね！

みんなのおたより、まってます★

〒105-0001
東京都港区虎ノ門 2-2-5 共同通信会館 9F
（株）文響社《ぶんきょうしゃ》「たまごの魔法屋トワ」係

本《ほん》の感想《かんそう》を教《おし》えてね！

いただいたおたよりは、作者《さくしゃ》・画家《が か》におわたしいたします。

つぎのお話《はなし》は…

1. トワがむかったのはニンゲン界《かい》のおしゃれショップ！　そこで出会《であ》ったハルカちゃんに恋《こい》の相談《そうだん》をされて……。
2. フロウは一体何者《いったいなにもの》なの？　ひみつを追《お》うことにしたトワとブラッサムが見《み》つけたものは……。

ドッキドキだね！

おまけのプレゼント★

◀しおり&たまごのメッセージカード

◀切《き》りとって使《つか》ってね

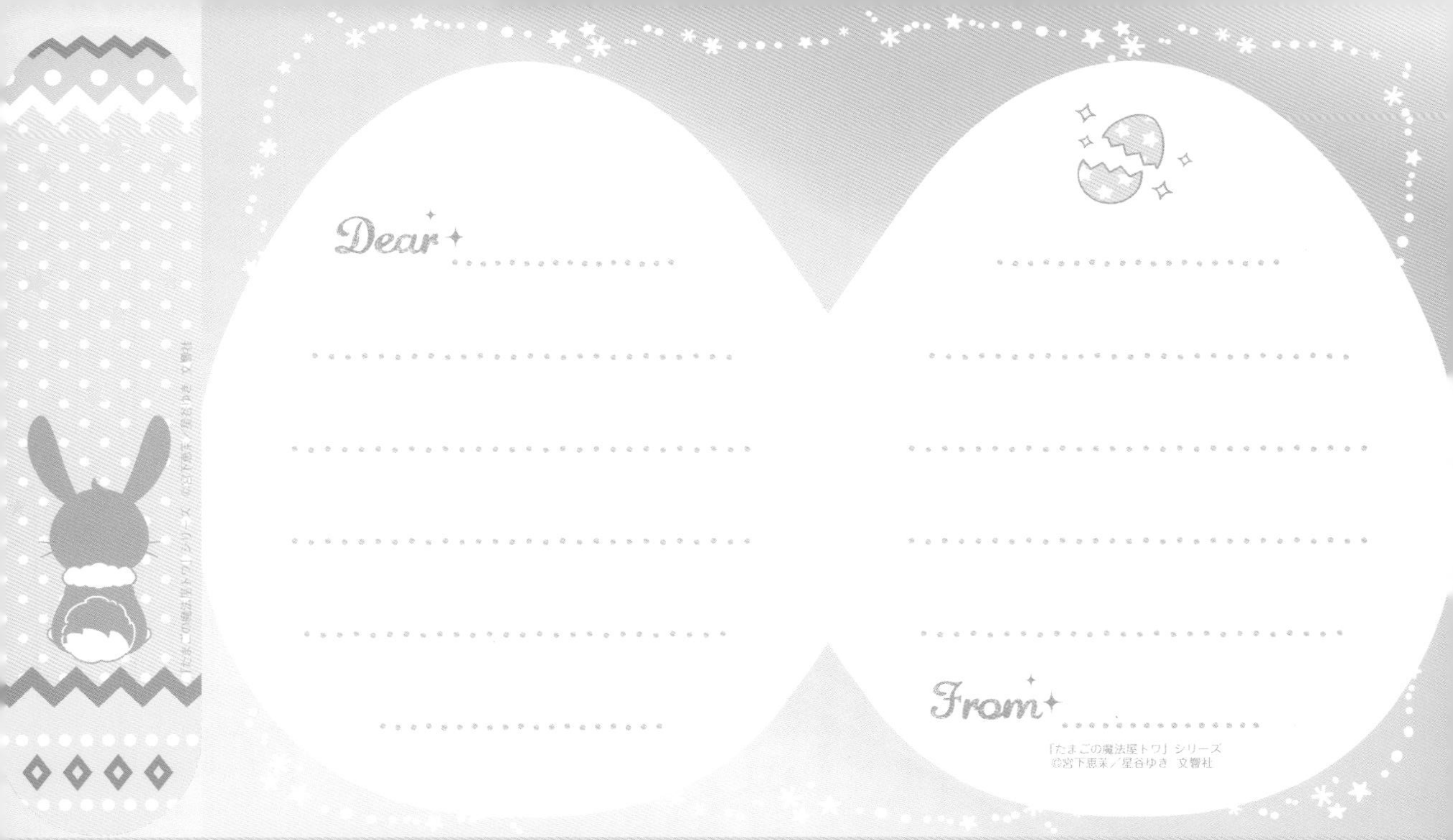

"Dear《ディア》"（親愛《しんあい》なる～へ）のあとに相手《あいて》の名前《なまえ》を、
"From《フロム》"（～より）のあとに自分《じぶん》の名前《なまえ》を書《か》いてね。

時間《じかん》わり表《ひょう》★

毎日《まいにち》の時間《じかん》わりを書きこんで、学校《がっこう》で使《つか》ってね！

Time Schedule

	月 Monday	火 Tuesday	水 Wednesday	木 Thursday	金 Friday	土 Saturday
1						
2						
3						
4						
5						
6						

Time Schedule

	月 Monday	火 Tuesday	水 Wednesday	木 Thursday	金 Friday	土 Saturday
1						
2						
3						
4						
5						
6						

「たまごの魔法屋トワ」シリーズ　©宮下恵茉／星谷ゆき　文響社

◀切《き》りとって使《つか》ってね

Here!
A magical egg
for you!

魔法《まほう》のたまごをあげる！

I'm sure
it will be a
great day!

きっと、いい日《ひ》になるよ★

作★宮下恵茉（みやした・えま）

大阪府生まれの児童文学作家。おもな作品に「龍神王子！」シリーズ、「学園ファイブスターズ」シリーズ（以上講談社青い鳥文庫）、「キミと、いつか。」シリーズ（集英社みらい文庫）、『ガール！ガール！ガールズ！』『あの日、ブルームーンに。』『スマイル・ムーンの夜に』（以上ポプラ社）などがある。

絵★星谷ゆき（ほしや・ゆき）

東京都生まれのイラストレーター。作家・デザイナーとしても活躍中。おもな挿画作品に「おんなのこのめいさくだいすき」シリーズ、『みらいへはばたく　おんなのこのでんきえほん』（以上西東社）などがある。

たまごの魔法屋トワ ②空色とオーロラの夜

2020年7月14日　第1刷
2023年3月29日　第2刷

作　宮下恵茉
絵　星谷ゆき

装幀　稲永明日香　祝田ゆう子
編集　森彩子
発行者　山本周嗣
発行所　株式会社　文響社
〒105-0001 東京都港区虎ノ門2-2-5　共同通信会館9F
ホームページ　http://bunkyosha.com
お問い合わせ　info@bunkyosha.com

印刷・製本　中央精版印刷株式会社

ISBN978-4-86651-276-1　N.D.C.913/176P/18cm　Printed in Japan

Magical eggs and Towa